Jacob Julius David

Ein Regentag

Drama in drei Aufzügen

Jacob Julius David

Ein Regentag
Drama in drei Aufzügen

ISBN/EAN: 9783743635319

Hergestellt in Europa, USA, Kanada, Australien, Japan

Cover: Foto ©Andreas Hilbeck / pixelio.de

Weitere Bücher finden Sie auf **www.hansebooks.com**

Ein Regentag

von

J. J. David.

Von demselben Verfasser erschienen früher:

Das Höferecht. Erzählung. Geh. Mk. 2.—, geb. Mk. 3.—
Die Wiedergeborenen. Erzählungen. Geh. Mk. 3.—, geb. Mk. 4.—
Das Blut. Geh. Mk. 3.—, geb. Mk. 4.—
Probleme. Erzählungen. Geh. Mk. 3.—, geb. Mk. 4.—
Gedichte. Geh. Mk. 2.—, geb. Mk. 3.—
Hagars Sohn. Schauspiel in 4 Akten. Mk. 1.50.

Ein Regentag.

Drama in drei Aufzügen

von

J. J. David.

Leipzig,
Verlag von Georg Heinrich Meyer.
1896.

Alle Rechte vorbehalten.
Bühnen gegenüber Manuskript.
(Vertreter Entsch.)

Druck von Joh. Heinr. Meyer in Braunschweig.

Frau Marie Weyr

zugeeignet.

Werte Freundin!

Im Sommer 1894 habe ich in Gmunden dies Stück geschrieben, das ich nun in die Welt hinaussende. Es regnete damals unablässig; und so sah ich mich denn zu einem Fleiß und einer Beharrlichkeit genötigt, die sonst eben meine Sache nicht sind. Und was ich Tags über vor mich gebracht, das las ich zu Abend dem kleinen Kreise vor, der sich im gastlichen Hause um den Tisch der Natter-Villa zu versammeln pflegte. So gedieh denn die Arbeit mit einer Schnelligkeit, die mich selber befremdete.

Ich hatte die Freude, zu sehen, daß bei manchen Bedenken die Sache doch rein aufgenommen und verstanden wurde, wie ich sie begriffen haben wollte. Das gab mir einiges Vertrauen in mein Werkchen. Denn, Ihnen darf ich's gestehen: ich bedarf des Anstoßes, der Ermunterung. Ich bin nämlich im Grunde meiner Seele ein Zweifler; und, so entschieden und kräftig ich nach meinen Stoffen zu langen gewohnt bin, so sehr ich mich mit ihnen freue, insolange ich sie in mir trage, so sehr übermüdet, peinigt, verwirrt mich hernach die Ausführung, bis ich vor dem Fertigen stehe ohne alle Ahnung, wie's geriet.

Dazu kam hier noch Etwas: wie alle meine Arbeiten, so wunderlich ich sie manchmal vermummen und in der Zeit schieben mag, so entstammt auch diese einem persönlichsten Erlebniß. Eigener war mir kaum Eine in meinem Leben geworden. Durch Jahre trug ich's in mir: die Gestalt der »Kitty«, die mir vordem so vertraut gewesen, die ich in ihrer wunderlichen Wirtschaft so genau, so lange, so ungeschminkt hatte beobachten können, wurde mir immer wichtiger. Ich mußte mich ihrer abthun in irgend einer Form und keine andere bot sich mir als möglich, als die dramatische. Nur so, selbstsprechend, immer in Bewegung, konnte ich hoffen, dies nervöse, sich in sich selbst abzappelnde Weltkind, dessen Schwingen gerade stark genug sind, um es nur eben nicht in dem Sumpfe versinken zu lassen, über dem es flattert, nicht mehr kräftig genug, um's in reinere Höhen zu heben, so wirksam zu machen, wie ich's geschaut und empfunden.

Einer Bühnen=Aufführung stellten sich nicht die mindesten Schwierigkeiten entgegen. An's Burgtheater war allerdings nicht wohl zu denken. Dafür fand ich im »Deutschen Volkstheater« das bereiteste Entgegenkommen. Sein Director, wie Oscar Blumenthal, wie noch mancher Praktiker, glaubten an die Gewißheit eines literarischen, an die Wahrscheinlichkeit eines kräftigen Bühnen=Erfolges.

Am 12. October 1894 fand die Erstaufführung statt und die Praktiker behielten Unrecht. Der erste Akt gefiel und es sah nach einem entschiedenen Sieg aus. Der zweite Akt aber litt unter einem Streit im Parterre: einen Augenblick schien es zu einer Panik kommen zu müssen und damit war an jene Stimmung nicht mehr zu denken, deren diese Arbeit bedarf. Es war ein Durchfall; was man in Wien sagt: »Eine Generals=Leich'« und die fast demonstrativ=freundliche Aufnahme am zweiten Abend konnte nichts ändern am Schicksal des Stückes. Es erlebte seine vier Respekt=Aufführungen und verschwand dann in der Versenkung. Diese und jene Kritik blieb mir zu persönlichem Troste, zur Freude sogar als Erinnerung an einen Unglücksabend.

Aber ich möchte nicht, daß dies Werk nicht einmal jenes Scheinleben führe, das einem Buch=

drama überhaupt verhängt ist. Ich möcht's in dieser Form setzen, als einen Versuch setzen, der vielleicht nicht vollends glückte, der aber kaum gänzlich mißriet. Ich will auch nicht mit dem Publikum polemisieren. Es hatte das Recht, abzulehnen, was ihm mißfiel und woran es sich ärgerte. Auf Widerspruch war ich immer gefaßt gewesen. Denn ich glaubte selber, daß ich an manche fressende und schwärende Wunde des Wiener Lebens mit nicht sehr milden Fingern gerührt. Nein zur Ergötzlichkeit war das Ding nicht gedacht: vielleicht litt es schon darunter, daß man mit Vorstellungen in die Vorstellung ging, die ich nicht befriedigen konnte. Es ist nicht unmöglich, daß ich noch einmal zu dem Stoffe zurückkehre, den liegen zu lassen, den nicht vollkommen zu gewältigen mich gereuen müßte. Und darum möcht' ich mein Eigentumsrecht darauf erweisen. Vielleicht gewinnt »Ein Regentag« sich beim Lesen mehr Neigung, als auf der Bühne. Ich muß es darauf hin wagen.

Sie aber bitt' ich, sich's gefallen zu lassen, daß dies Buch Ihren Namen trägt. Denn ich hoffe, der Erfolg vermag über Ihr Urteil nichts.

Wien, im April 1896.

J. J. David.

Personen.

Ludwig Baron Stöber auf Stöberbach und Glocksdorf, Assecuranz-Beamter.
Kitty Baronesse Derterich ⎫ seine Enkelinnen.
Lizzi   »   » ⎭
Kathi, Dienstmädchen bei Stöber.
Dr. Karl von Bauer, Gutsbesitzer.
Helene von Bauer, seine Mutter.
Olga von Neugebauer, ihre Enkelin.
Marie, Dienstmädchen ⎫ bei Bauers.
Dolansky, Gärtner   ⎭
Ein Dienstmann.

Ort der Handlung: 1. Akt Stöbers Wohnung in Wien. Die folgenden Akte Schloß Glocksdorf in Mähren.
Zeit: Gegenwart.

Erster Akt.

(Zimmer reich, doch unzusammengehörig möblirt. Ein großer Schreibtisch mit vielen Photographien. Rohrstühle zierlich, damenmäßig; Geflecht und Lehnen vergoldet. Ein Bett. Ein Schlafdivan. Davor ein Tisch mit handgestickter Decke. Eine japanische Papierampel hängt darüber. Ein großer Spiegel mit vielem Toilettenzugehör. Eine Thüre, die sich nach innen öffnet, rechts. Das Ganze überfüllt, so daß man sieht, wie sich der Luxus in die ursprüngliche Aermlichkeit drängte. Zeit nach zehn Uhr morgens. Ende September.)

Erste Scene.

Lizzi allein. Doch geht während der ganzen folgenden Scene **Kathi** ab und zu.

Lizzi

(ordnet an Bouquetten, die überall herumliegen; sie thut sie in Vasen, befestigt die Devisen daran, gruppirt sie auf Tisch und Schreibtisch).

Sie könnte diesmal schon zufrieden sein. So viel Blumen! Alle Frohnleichnamsmadeln könnte man damit aufputzen! Ja, sie verstehts, mein Schwesterchen, wie sie sich so gerne unterschreibt. Zuckersüß kann sie's ja! Mich wundert's eh' nur, daß sie vom Briefschreiben allein schon genug hat. Wenn man's einmal so gut kann, sollte man doch weiter hinaus wollen und nicht gar so bescheiden sein. Freilich — sonst ist sie in nichts bescheiden, und sonst hat sie in nichts genug. Mit dem schon gar nicht. Wie viel Brüder der auf der Welt nur herumlaufen! Ich kenn' sie nicht einmal alle. Und es kommt doch ein hübsches Bandel zu uns ins Haus! (Kathi bringt Briefe.) Na, also! Wieder Briefe! Einmal möcht' ich's doch zusammenrechnen, Kathi, was bei uns im Jahr allein für Briefmarken darauf gehen thut. Aber ich bin immer schwach im Rechnen gewesen.

Kathi.

Nein, was Sie aber für Einfälle haben, gnä' Baroneß!

Lizzi.

Ja, wir sind ja allemal eine patriotische Familie gewesen. Geschieht was für's Posterträgniß. (Kathi ab.) Und dann sitzt sie auf dem Kreuzer, wo man's am nöthigsten hätt', und das Schwesterlein spricht von den schlechten Zeiten, und daß man endlich anfangen müßte zu sparen, und daß der Großpapa immer weniger verdient und immer mehr braucht. Er braucht auch hübsch viel für ein alten Herrn, und mir scheint, er könnt' schon etwas mehr an uns denken.

Aber die Fiaker und Einspänner für Kitty müssen sich auch hübsch zusammenschießen in's Geld. Ach was! Die ist gescheidt! Die weiß eh', was sie thut!

Kathi (bringt Bouquet).

Lizzi (liest).

Kurt von Biegelow! Den möcht' ich nicht geschenkt. Langweilig, knauserig, so a Preuß! Daß sich der das Bouquet spendirt hat! Höchst wahrscheinlich selber hergetragen, um sich den Dienstmann zu ersparen, und Ihnen dann ein Sechserl gegeben, Kathi?

Kathi.

Gnä' Baroneß, wie Sie aber Ihre Leut' kennen!

Lizzi.

So Leut' stieren mir grimmig, was alleweil von reiner Sehnsucht reden und die innigen Hochgefühle — na, die bleiben halt alleweil drinnen und heißen darum innig. — Alfred Baron Langmann! Das ist der Lieutenant, der die Caution heirathen möcht'! Na, der irrt sich grünblich bei uns! Wenn Eine die Caution hätt', so wüßt' sie ganz bestimmt was Besseres! Du mein Gott, aber ein hübscher Mensch ist es darum doch! Wenn ihm das ewige Schwester spielen einmal zu fad' wird — na, (heftig) er macht' ein' nichts so schlecht, wie zuschauen müssen, wie's Andere besser haben, und nur weil man eine Schwester hat, was hübscher ist, hat man nichts — die nichts an einen kommen läßt, gar nichts, die alles nimmt, ob's ihr paßt oder nicht, nur weil man's einmal brauchen könnt'. So schaut's an ihrem Geburtstag aus, und bei meinem? Man muß schlecht werden dabei. Und das Pädagogium, und die schöne Aussicht auf den ehrenvollen Beruf einer Lehrerin! Ich les' so nichts mehr, keinen Roman, nur die Nekrologe in die Lehrerzeitungen, damit ich ernster werde — und es nutzt nichts, was man um einen Kreuzer kaufen kann, und es kommt kein Schwung und keine Begeisterung in die Sache. — Doktor Karl von Bauer! Den kenne ich nicht, das ist (trällert) das Neucheste, was mir eben erst kriegt haben. — Ober kenn' ich ihn doch? Nein, nein, aber an die Doktoren hätten wir eigentlich genug.

Zweite Scene.

Lizzi. Kathi.

Kathi (bringt noch ein Bouquet).

Noch ein Bouquet is kommen. Aber manen's nit, gnä' Fräul'n, für heut' wär's g'nug an die Bouquetter?

Lizzi (stellt es auf, reißt die Karte ab, für sich).

Könnt' der Kitty unlieb sein, von wem daß
's ist. Wenn's überhaupt nur da ist. (Leicht.)
Und was geht denn das Sie an?

Kathi.

Wen denn? Wer hat denn die Schlepperei
damit und nachher das Zusammenräumen, und
man möchte ja nichts reden, wenn man davon nur
was haben thät', und das gnä' Fräul'n steht
ewig nicht auf, und mer wird mit derer Arbeit
ewig nicht fertig. Nachher bin ich die Schlamperte.

Lizzi.

Ich meine, Sie bekommen Trinkgelder genug
bei uns — die Spielabende und auch sonst —
es fällt genug für Sie ab.

Kathi (sehr gutmütig).

Hielt mer's denn sonst aus? Den Sack hat's
noch kein' zerrissen. Und überhaupt, wenn ich
nicht ein ordentlicher Dienstbot' wär', der was
auf sein Büchel hält, daß es nicht gar zu ver=
schmiert ausschaut und der immer all'weil zu den
Herrenleuten steht, ich wär' auf die Längst nicht
mehr da. Ich habe so immer nur in feine Häuser
gedient und ich bin auch eine feine Behandlung
gewöhnt.

Lizzi.
Und kein Mensch kümmert sich darum, wann nach Hause kommen. Man ist doch bei Nacht ohne jede Hilfe.
Kathi.
Geschieht nichts in derer Nacht. Wir leben Gottlob in einer recht soliden Stadt. Schlafen' halt in derer Nacht, gnä' Fräul'n und dem alten Herrn wird's a gut thun. Der Hausmeister will a leben. Freilich, von uns kriegt er bald so viel, wie von die übrigen Parteien zusammengenommen. Aber er hat auch danach einen Respect vor uns. Der alte Herr kommt ja täglich nicht gar zeitlich, und die gnä' Fräul'n alle beide, so oft sie können. Und hernach bin ich a noch da. Aber ich möchte doch, ich könnt' mich ausschlafen hernach. Na, weil ma nur jung ist, und weil's halt noch lustig ist. (Es klingelt.) Schon wieder wer! (Im Abgehen.) Und ist das nichts wert, gnä' Fräul'n, wenn man einen Dienstboten hat, der so zu die Herrenleut' hält wie ich und schweigen kann? (Es klingelt wieder.) Hat's der aber gnädig! Du wirst schon noch eine Weil' warten können! Ist so wieder niemand rechter — mit einem ellenlangen Titel vorn und hinten mit gar nichts. Wir kennen uns schon aus, was Fräulein? (Es klingelt.) Aber so hol' Dich ja doch...

Lizzi (mit dem Fuße stampfend).

Unerträglich! Manchmal mag man sie, redet mit ihr, und dann übernimmt sie sich, und das muß dann ich alles fressen, und es kommt immer just auf mich. Vor der Kitty hat sie doch noch eher einen Respect.

Dritte Scene.

Vorige. Herr von Stöber.

Stöber.

Kitty ist noch immer nicht wach?

Lizzi.

Nein, Großpapa.

Stöber.

Ich hätte sie gern gesprochen, ehe ich fort muß.

Lizzi.

Sie wissen doch, Großpapa, wie besorgt sie um ihre Gesundheit ist, und sie sagt ja alleweil, das zu lange Aufbleiben schadet nichts, aber's frühe Aufstehen danach, das bringt die Leute um.

Stöber.

So ist sie gestern wieder spät nach Hause gekommen?

Lizzi.

Das könnten Sie doch genauer wissen, als wie ich, Großpapa. Ich bin ja ganz zu Hause geblieben. Wenn man schon einmal fleißig sein will! Sie hätten ja doch den Hausmeister fragen können, wie sie aus der Ressource nach Hause gekommen sind.

Stöber.

Fehlte mir noch! Nein, nein, ich bin nicht mehr neugierig. Das habt ihr mir abgewöhnt. Wo war sie denn gestern wieder? Mir sagt sie ja gar nie ein Wort.

Lizzi.

Weil's gescheit ist. Ein Wort giebt's andere, und die ewigen Streitereien machen's am Ende doch nicht anders, als wie's einmal ist. So haben wenigstens alle ihre Ruh', und im Haus' giebt's einen Frieden.

Stöber.

Ich möchte es aber doch wissen. Aber vertragen thut's euch untereinander keine Minuten lang; wie's aber gegen mich geht, gleich seid ihr im Bandel.

Lizzi.

Da könnt' der Großpapa schon wieder Recht haben. Und warum denn nicht? Schwestern sind wir denn doch am Ende.

Stöber.

Mäbel! Jetzt möcht' ich aber doch eine Antwort!

Lizzi.

Sagen thut sie mir doch auch nur soviel, was sie just will; höchstens also so viel, daß man neibig wird auf sie. Daß sie in die Oper ist, weiß ich; denn der Dienstmann hat die Karte gebracht, wie ich gerade auf einen Sprung fort war; daß ein Wagen auf sie gewartet hat, weiß ich auch), weil sonst doch vor dem Hause gar nie ein Fiaker erlebt wird, wenn er sie nicht brin= gen oder holen thut. Sie fährt im Fiaker und ich darf zu Fuß ins Pädagogium wimmeln oder mir tragt's höchstens einen zweispännigen Tram= waywagen. Das sollt' nicht sein dürfen unter leibliche Schwestern. Das macht Gift und Galle und neidisch.

Stöber.

Möchtest Du mich mit Deinen psychologischen Bemerkungen verschonen, Lizzi? Ich wünsche nur noch zu erfahren, wann sie nach Hause ge= kommen ist.

Lizzi.

Und wann ist denn der Großpapa nach Hause gekommen?

Stöber (etwas verlegen).

Nach der Sperre.

Lizzi.

Dann wirds schon stimmen. Und wenn de Großpapa, der doch am Ende ein alter Herr ist das täglich thut, warum soll ein junges frisches Mädel wie die Kitty es anders machen? Ich wollte nur, sie möchte mich mitnehmen. Aber so — keine Menschenseele erbarmt sich über mich. Ich bin halt das ewige Waisenkind, (singt) verlassen, verlassen, verlassen bin ich.

Stöber.

Schnabel, der Du bist! Ihr wachst mir über den Kopf alle Zwei, ich bin zu gut und zu schwach für euch und ungezogen seid's.

Lizzi.

Da hat der Großpapa aber einmal Recht. Ungezogen sind wir, das steht. Wer hätte uns denn auch ziehen sollen? Zu Haus bei die Eltern? Ich denk's nicht mehr so recht, aber Kitty meint, das beste Beispiel hätte man da nicht vor seiner gehabt. Und der Großpapa ist das ganze Jahr auf der Reise oder in der Ressource oder in der Visite — ich möchte doch nur wissen, wer sich um uns umschaut. Und das ewige Zuhausesitzen — mir ist's längst zu fad'! Aber ich kann mir nicht helfen wie die Kitty; die ist gescheit, und ein Narr wäre sie, profitierte sie nicht davon.

Stöber.

Du weißt gut, daß ich nicht zum Vergnügen reise. Das bringt nun einmal mein Beruf als Inspector einer Lebensversicherungsgesellschaft mit sich und ich muß viel verdienen, weil wir viel brauchen.

Lizzi.

Und wir brauchen viel, weil der Großpapa reist. Und den Salon müssen wir haben für die Spielabende vom Großpapa und weil die Kitty nicht einen jeden in dem Zimmer da empfangen kann. Ui! Ich mein', ich könnt' die Litanei schon von vorne nach rückwärts und von rückwärts nach vorne hersagen. Und schäbig darf's bei uns nicht ausschauen, weil wir sonst ewig keine rechte Partie machen, nicht wahr, Großpapa? Und die Leute sind leider Gottes nicht mehr so dumm, wie einmal, und eine arme Baroneß ist gerade so ein armer Hascher, wie eine arme Nichtbaroneß. S'ist alles eins, alles eins! Wenn die Großmama noch leben thät', so wüßt' man wenigstens, was an dem Allen schuld ist, nämlich (näselnd) »weil's gar keine Religion mehr auf der Welt giebt.« Jesus, Großpapa, ist das ein Leben, was wir führen auf der Welt!

Stöber.

Ihr habt es besser als ihr's verdient. Ich könnte ganz gut meine Ruhe brauchen und hätte genug, um sie zu haben, kostetet ihr nicht so viel. Erst habe ich zwei Familien ganz erhalten müssen, weil euer Vater . . . .

Lizzi.

Großpapa, meinst nicht, ich hätte das schon oft genug gehört? Ich kann's besser auswendig, wie die Lection, die ich heute hätte im Pädagogium hersagen sollen. Und wenn wir's schon besser haben, als wir's verdienen — so wie wir's haben möchten, so haben wir's doch ewig nicht.

Stöber.

Richtig — und warum bist Du heute nicht in Deiner Schule!

Lizzi.

Weil einem's Lernen manchmal auch zu fad' wird. Man vertranscht eh' nur die beste Zeit damit. (Es klingelt.) Da kommt wieder wer.

Stöber.

Ich mag niemand von den Leuten sehen. Wenn Du nur wissen möchtest, was ich mich manchmal für euch schäme. (Im Abgehen.) Und ich hoffte, ihr würdet das Haus wieder aufrichten!

Vierte Scene.

Lizzi.

Lizzi (ruft ihm nach).

Geht nicht, ist für zwei schwache Mädeln zu viel Arbeit. Hätten die Männer halt dazuschauen sollen. — (Allein:) Na, was mir das zuwider ist, wenn einer raunzt und raunzt und kann sich nicht helfen. Dann sollt' er doch wenigstens still sein können. Aber freilich ganz gut hat er's nicht mit uns und commoder könnt' er es schon haben ohne uns. Die Kitty treibt's freilich bös, aber was will er thun? Uns herausschmeißen — das könnt' hernach gar lieb werden. Und ein armes Mädel muß sich umschauen, will's einen Mann, der was ist und darf nicht gar so heiklig sein. Weil's nur gescheit ist. Und gescheit ist sie. Ich gönnte ihr's ja auch, nur mitthun lassen sollte sie mich. (Stellt sich vor den Spiegel.) Ich bin schiach, ich bin schiach! Eine Wienerin und schiach, das ist ein trauriges Naturspiel, das es nicht geben dürfen sollt'! Freilich nur neben ihr bin ich's, sonst möcht' ich schon ganz gut passieren. Und dann soll man an eine göttliche Gerechtig= keit glauben! Wer nur die kennt — gar so hübsch, und was weiß ich, was sie ihr noch alles nachsagen! Aber ich? wer sieht denn auf mich?

und man soll nicht schlecht werden und man soll nicht schlecht sein!

Fünfte Scene.
Vorige. Kathi.

Kathi.

Gnä' Fräul'n, a Dienstmann wart' im Salon.

Lizzi.

Sie hätten auch früher kommen können, einem das sagen.

Kathi.

Ich hätt' gar so viel gern gewußt, was er will. Nicht, weil ich neugierig bin, aber es giebt doch Posten a, von die man lieber nix weiß.

Lizzi.

Haben's was erfahren?

Kathi.

Na, er red't nichts. Einen Etui hat er bei sich.

Lizzi.

So rufen's ihn.

Kathi.

Er will aber seinen Auftrag nur bei der gnä' Fräul'n Kitty bestellen, sagt er.

Lizzi.

Wenn er für so lang' gezahlt ist, soll er halt warten. Aber schicken Sie ihn mir nur herein.

Und Sie, gehen Sie mir endlich in Ihre Küche und stehen Sie einem nicht den ganzen Vormittag müßig im Wege.

Kathi (öffnet die Thüre).

Dienstmann! (Bleibt während der folgenden Scene, macht sich an den Blumen zu thun, wischt ab.)

Sechste Scene.

Vorige. Dienstmann.

Dienstmann.
Die gnä' Baroneß Herterich?

Lizzi.
Die bin ich.

Dienstmann (buchstabiert an einem Billet).
Kitty Baroneß Herterich?

Lizzi.
Nein, die ist nicht zu Hause.

Dienstmann.
Zeit hätt' ich. Das Telephon und die pneumatischen Briefe! A Dienstmann wird bald nimmer recht wissen, wozu ihn der liebe Herrgott erschaffen hat. So wird man halt warten müssen.

Kathi.
Vorläufig wird man halt warten können.

Lizzi (zornig).

Möchtens nicht einmal schweigen? Meine Schwester Baroneß Kitty ist nicht zu Hause. Wir wissen nicht, wann sie heimkömmt. Ich bin berechtigt, für sie alles in Empfang zu nehmen.

Dienstmann.

Geht net. Ich hab's zu scharf verboten bekommen. Und 's Ding ist teuer, gar teuer sag' ich Ihnen. Ich därf net.

Lizzi.

Aber herzeigen dürfen's doch? Meine Schwester liebt keine Ueberraschungen. So bereite ich sie vor. Da haben's was für's Warten.

Dienstmann.

Herzagen? Dös hat ma mir net verboten. Zum Anschaun ist's ja am End!

Lizzi (öffnet das Etui).

Ah! Und von wem ist das Armband?

Kathi (über ihre Schulter, à tempo).

Ah, ist das schön!

Lizzi (sehr erregt).

Jetzt schaun Sie endlich doch einmal in Ihre Küche! (Kathi ab, aber nur in den Hintergrund.) Und kennen Sie den Herrn, von dem das Armband kommt?

Dienſtmann.

Ich bärf nix ſag'n, gnä' Fräul'n Baroneß. Ih — na! A Dienſtmann waß ſchon den g'hört ich, und was net ſan bärf — o na, bös waß rſſchon!

Lizzi (giebt ihm).

Aber ich bin doch die Schweſter! Ich er= ahr's ſo!

Dienſtmann.

Ich dank ſchön, aber na, na! Wo käme nan denn da hin. Diſchkretion iſt Ehrenſache. »Geheimnis iſt Bürgſchaft des Erfolges« hat ⹀er Benedek allweil geſagt. Und dann, gnä' Fräul'n . . . .

Lizzi.

Nun, nun?

Dienſtmann.

Und dann, ich bärf' nix ſagen, ſo gern als ich's thät.

Lizzi.

Ja, warum denn nicht?

Dienſtmann.

Weil ich nichts weiß. Ich hab' den Herrn mein Lebtag noch mit keinem Aug' net g'ſehn.

Lizzi.

Wann's ein noch frozzeln! . . .

Siebente Scene.

Vorige. Kitty.

Kitty (hat die Thüre haftig aufgeriſſen).

Guten Morgen, Schweſterchen! Ah, die vielen Blumen! Was das ſchön iſt, was das ſchön iſt, und gar an einem ſo grauen Morgen!

Lizzi.

Na, ſo gar morgens iſt's nicht mehr und der Dienſtmann da wartet ſchon eine ziemliche Weile.

Kitty.

So? Was haben Sie denn? (nimmt das Briefchen, lieſt, zerpflückt es gleichgiltig, nimmt das Etui, betrachtet das Armband, ſtellt das Etui auf den Tiſch.) Sie können gehn.

Dienſtmann.

Der Herr hat aber g'maunt, wann er epper a Antwort bekömmt?

Kitty.

Iſt keine nothwendig.

Dienſtmann (ab).

Kitty (zu Kathi, ſehr beſtimmt).

Haben Sie nichts in der Küche zu thun? Bei mir wäre auch noch zuſammenzuräumen. Und dann rufen Sie mir den Großpapa. (Kathi ab.) Er iſt doch noch zu Hauſe?

Lizzi.

Er wollte ins Bureau, aber danach hat er gemeint, er hätte noch dringend mit Dir zu reden.

Kitty.

Der gute Großpapa! Ich kann mir ja denken, was er von mir will. Und er hat ja recht in allem. Aber das ist nun einmal so, wie es ist! Vielleicht ... Ah!

Lizzi.

An recht guten Humor hast heut', noch dazu an Deinem Geburtstag!

Kitty.

An meinem Geburtstag? Eben darum! Man wird alt, Lizzi.

Lizzi.

Sechsundzwanzig Jahre, das ist doch noch kein Alter. Da ist man doch noch jung.

Kitty (gereizt).

Sei so gut! Dreiundzwanzig Jahre, wenn Du erlaubst. Und das »noch«! Es giebt kein so zuwideres Wort mehr auf der Welt. Noch jung! Noch schön! Noch reich! Ich möcht' nur wissen, wer auf das Wort kommen ist. S'ist ekelhaft!

Lizzi.

Mindestens hast Du Deine Jugend doch genossen. Ja, klug bist. Mich hast für die Schullehrerin und die Sittsamkeit bestimmt — und Du . . .

     Kitty.

Laß das. Das verstehst Du nicht. Nennst Du das genießen? Ah!

     Lizzi.

Und wie einen Fratzen behandelst Du mich immer.

     Kitty.

Suche heute keinen Streit. Ich sorge für Dich und für mich — nach den Verhältnissen und nach Möglichkeit für eine Jede. Ich möchte meine Erfahrungen nicht umsonst gemacht haben.

     Lizzi.

Ich bitte Dich! So großartig! Da soll ich wohl einen Respect bekommen, geltens, was?

     Kitty.

Es wäre Dir ganz gesund, wenn Du vor wem einen Respect bekämest. Ueberhaupt, liebe Lizzi, liebes Schwesterchen, laß mich, ich sorge mich genug, was mit uns wird, wenn Großpapa einmal stirbt. Vermögen haben wir gar keines, erspart wird nichts, ich möchte, ich wäre zum Theater gegangen, wie ich damals wollte, aber das hat sich ja für eine Baroneß Herterich durchaus nicht geschickt. Das hat doch Großpapa durchaus nicht zulassen wollen.

Lizzi.

Freilich, freilich. Und die Leute haben auch gemeint, Du hätteſt gar kein Talent dafür, nur Deine Schönheit.

Kitty.

Lizzi, liebe Lizzi, ich bitte Dich, ärgere mich nicht.

Lizzi.

So zärtlich? Schau, schau! Und wir sein doch allein, und's hört's doch niemand. Sonst ist ja bei uns alles für die Leut', die Kleider für die Leut', die Wohnung für die Leut', sogar die Tauf= namen haben wir für die Leut'. Ich hab' mein Lebtag Julie geheißen, ich hab' die noble Lizzi satt. Merk' Dir's, Katherl!

Kitty.

Ein Fratz bist, ein unausstehlicher Fratz.

Lizzi.

Katherl! Kathinka! Kathi!

Achte Scene.

Vorige. Kathi.

Kathi.

Gnä' Fräul'n befehlen?

Kitty.

Nichts! Gehen Sie an Ihre Arbeit. (Kathi ab.) (Zu Lizzi.) Man kann mit Dir nicht leben — unmöglich!

Neunte Scene.

Vorige. Herr von Stöber.

Stöber.

Zankt Ihr schon wieder, Kinder?

Kitty.

Ach Großpapa, Lizzi wird immer unerträglicher. Tausend Mal hab' ich mir schon vorgenommen, ich rede nichts mehr mit ihr und dann fange ich wieder mit ihr an, weil ich ein guter Narr bin, und das freche Geschöpf beleidigt mich immer wieder. Es ist nicht zum Aushalten!

Lizzi.

Weil ich kein Süßholz mag. Das ist nicht mein Gusto! Jetzt ist sie zärtlich mit mir, und gleich dahinter — schau sie nur an, Großpapa! — ob sie mir nicht die Augen auskratzen möcht'.

Kitty.

Du bist eh häßlich genug.

Lizzi.

Da hören Sie's, Großpapa, die süße Schwester!

Stöber.

Um Gotteswillen, Kinder, seid doch einmal vernünftig. Was wollt's nur mit der ewigen Zänkerei? Wem nützt's was? Für immer werdet

Ihr ja doch nicht zusammenbleiben. Ich bitte Dich, Kitty, Du bist die Aeltere!

Lizzi.

Und ganz gehörig auch noch.

Kitty.

Creatur, gehässige!

Stöber.

Lizzi, ich bitte Dich, sei Du die Klügere. Bedenke, wir sind im Niedergang seit langen Jahren. Nicht einmal Glocksdorf haben wir uns erhalten können, den Stammsitz unseres Hauses. Auch das ist in fremden Händen. Andere Leute werden dort reich, wo wir zu Grunde gegangen sind. Es ist wirklich traurig, was ich alles mit ansehen mußte, schlimm genug, daß ich meine Bekanntschaften aus früheren, guten Tagen nun so für's Geschäft nutzen muß, daß ich in meinen Jahren reisen, schwatzen, Komödien spielen muß, um für Euch zu verdienen. Ich hätte nie geglaubt, daß ich meinen angesehenen Namen und meine Verbindungen verkaufen müßte . . .

Lizzi.

Da meint er den vergnügten Künigelhasen . . .

Stöber.

Was ist das für eine neue Ungezogenheit; ich bin beim »Pelikan«.

Lizzi.

Das Vieh kenn' ich nur aus die Fabelbücher. A Künigelhas ist es und vergnügt ist er, weil er, wie's in die Prospecte so schön heißt, seine zahlreiche Nachkommenschaft bei Euch so glücklich und unter so günstigen Bedingungen versichert hat.

Kitty.

Geschieht Ihnen Recht, Großpapa, warum lassen Sie sich mit ihr ein und sich alles von ihr gefallen.

Lizzi.

Huß, Huß, das Katzerl!

Stöber.

Lizzi, zum letzten Mal! Aber nun zu Dir, Kitty. Nun wäre es doch Zeit, daß Du Ernst machtest. Es hat Dir niemals an Bewerbern gefehlt. Mach' mit einem Ernst!

Lizzi.

Wenn nur einer von ihnen Ernst machen wollte!

Kitty.

Großpapa, Sie sehen, ich antworte ihr nicht einmal. Schützen Sie mich vor der Person!

Lizzi.

Nein, was die heut' für einen erhabenen Tag hat! Es ist doch schade, daß sie nicht zum Theater gegangen ist!

Stöber.

Lizzi, hörst Du ewig nicht auf? Hinaus mit Dir! (Lizzi geht ab.)

Stöber.

Es ist wirklich traurig; ich hätte dringend mit dem Generaldirektor zu sprechen und ich bleibe bei Euch, weil ich mich mit Euch ausreden möchte. Lizzi ist am Ende versorgt, sie ist begabt genug, sie wird doch ihre Prüfung machen, und ich habe noch Verbindungen genug übrig, um ihr bald eine leidliche Anstellung verschaffen zu können. Es ist nicht das, was sich für uns gehörte, denn wir sind alter und guter Adel und haben dem Staat in den höchsten Stellungen gedient. Aber besser ist es immer wie nichts. Aber Du — von Dir hätte ich mir das Meiste erhofft und nun! Und wie soll's mich zu Hause freuen, wenn ihr nichts thut, nur zanken und streiten?

Kitty.

Man soll nicht zum Tischler laufen um einen Sarg, ehe der Kranke nicht wirklich tobt ist,

Großpapa! Er könnte sich und einem zum Trotz
erst recht am Leben bleiben!

Stöber.

Steht's so, Kitty, wirklich?

Kitty.

Ich darf noch nicht sprechen, Großpapa, ich
könnte mir's verschreien. Aber glauben Sie mir,
lieber Großpapa, ich wäre sehr froh, wenn's
diesmal was werden möchte. Ich bin nicht ein=
mal auf die Lizzi bös, sie ist keck, aber hat sie's
denn, wie sie's möchte? Hat's denn eines von
uns, wie's haben sollte? Käm ich heraus! Ich
wäre froh, und nach Mariazell möchte ich zur
Mutter Gottes, und für Lizzi möchte ich sorgen,
und ich könnt' es dann auch. Wie vielen hab'
ich zeigen müssen: »So komm' doch nur um
mich, ich wart' auf einen jeden!« Und das macht
einen nicht besser, Großpapa, wenn das so seit
6 Jahren fortgeht. Hätt' ich nur etwas Rechtes
gelernt! Aber's Stillsitzen, das war niemals bei
uns in der Familie. Geltens Großpapa! Ich
hab's nicht vom Vater, ich hab's nicht von der
Mutter, von mir aus hab' ich's nicht und ge=
lernt hab' ich's auch nicht. Aber ich bin das
Ganze müde, Großpapa, und wenn ich rechne
(sie nimmt das Haushaltungsbuch) und ich seh': so

viel, so viel auf's Ueberflüssige und so wenig für's Notwendige, und Sie müssen sich so schinden um alles, und es geht nun sein Lebtag nicht anders und nicht zusammen — dann thut mir's Herz weh. Käm' ich nur heraus, käm' ich nur heraus!

Stöber.

Mein armes Kind!

Zehnte Scene.
Kathi. Vorige.

Kathi (meldet).

Dr. Karl von Bauer.

Kitty.

Ach also! Bleib' zu Hause, Großpapa, bleib zu Hause! Er soll kommen.

Kathi.

Im Salon?

Kitty.

Nein, hier. (Kathi ab.) Großpapa, bleiben's zu Hause, warten's! (Stöber küßt sie.) Heilige Mutter Gottes, einen silbernen Rahmen kriegst — ganz von Silber!

Stöber

(ab, in der Thüre begegnet er dem Gast. Fremde Verneigung).

Elfte Scene.

Kitty. Dr. Karl von Bauer.

Doktor.

Guten Morgen, Baroneß; stört man?

Kitty.

Wenn ich Sie doch eingeladen hab'! Es ist nur schön, daß Sie gekommen sind!

Doktor.

Ich sagte mich doch an; da ist es doch selbstverständlich.

Kitty.

Kann sein, daß es selbstverständlich ist. Aber wienerisch ist's nicht.

Doktor.

Ich bin doch auch kein Wiener. Die vielen Blumen!

Kitty.

Weil heut' mein Geburtstag ist. Da kriegt man halt so Sachen. Ich dacht', Sie wissen davon. Es ist doch auch von Ihnen ein Bouquet dabei.

Doktor.

Das ist Zufall. Da erwarten Sie wohl noch Besuch? Es ist übrigens hübsch von Ihnen, daß Sie mein Bouquet bemerkt haben. Störe ich?

Ich hätte gerne noch ein Weilchen mit Ihnen geplaudert. Mit Ihnen allein.

Kitty.

Man sieht doch nach, von wem etwas kömmt, und Sie stören nicht. Es kommt niemand. Ich habe mir's schon zur Zeit verbeten. Das konnte ich mir schon ausdenken, daß Sie nicht gern in einen Trubel hineinkämen.

Doktor.

Ich danke Ihnen; das war lieb von Ihnen, Baroneß. Gar nach so kurzer Bekanntschaft. Ich muß dem hübschen Zufall noch dankbar sein, der mich Sie bei Forstners finden, wieder finden und näher kennen lernen ließ! Ich muß es und bin es auch wirklich, Baroneß!

Kitty.

Ich bitt' Ihnen, reden's mir nicht so! Ich gebe nicht viel auf Complimente, die hör' ich so genug. Und Sie sollten sich überhaupt zu so was gar nicht hergeben!

Doktor (setzt sich und spielt mit seinem Stock).

Warum denn just ich nicht?

Kitty.

Weil's zu gut sind dafür. Sie machen so einen vertraulichen Eindruck, so wie ein fester

Mensch), auf den man sich wirklich und immer verlassen kann.

Doktor.

Das bin ich auch, Baroneß; nur daß ich auf dem Dorfe allein, und ohne andere Umgebung als Eltern und Erzieher aufwuchs. Dann als Student bin ich eben auch nicht viel in Gesellschaft gekommen; ich mußte auf den Tag fertig werden. Danach mußte ich reisen: nach England, nach Amerika. Manchen schließt die Fremde auf, manchen verschließt sie. Mich hat sie verschlossen. Ich habe viel studiert; ich kenne die Farmen Englands, die Bonanzawirtschaft der Union; ich weiß, wie in aller Welt mein Handwerk getrieben wird. Nun, und auf eigenem Grunde, den sich meine Eltern erarbeitet haben, will ich es selber üben. Und gerade auf dem Uebergange vom Erlernen zum Bethätigen begegne ich Ihnen. Das ist doch ein hübscher Zufall. Sie sehen, ich mache keine Complimente.

Kitty.

Sprechen Sie nicht so! Sie soll'n es nicht. Ich habe es Ihnen schon gesagt. Von Ihnen erwartet man sich anderes, besseres, gescheidteres. Ich habe nicht bald zu jemanden so schnell ein Vertrauen gehabt. Und ich habe nicht leicht mehr eines, weil . . .

Doktor.

Warum nicht, Baroneß? Oder geht Ihr Vertrauen zu mir noch nicht so weit, mir auch das schon zu sagen?

Kitty.

Wenn Sie's gerade wissen wollen. Aber erlauben's. (Sie nimmt ihm den Stock, mit dem er gespielt hat.) Wissen's, das macht mich nervös. Also, wenn's just wollen: Ich hab' doch schon meine Erfahrungen mit meine dreiundzwanzig Jahr'.

Doktor.

Und in welchem Sinne, Baroneß?

Kitty.

Sind Sie aber heut' neugierig.

Doktor.

Vielleicht mehr teilnehmend.

Kitty.

Das könnte bei Ihnen schon sein. Und am Ende, Sie werden's bei Forstner so schön gehört haben; meine Freund' sind's, aber ausrichten thun's mich wegen dem doch, und ein Mädel, das sie ewig nicht anbringen, haben's auch. Also, ich bin arm und schön, und alleweil hat's geheißen: Dein Glück wirst machen, Kitty, es wird schon noch kommen. Und wie's ewig nicht kommen ist, bin ich ihm halt ein Schritterl entgegengegangen (trällert): und das darf halt nicht sein.

Doktor.

Sie singen auch, Baroneß?

Kitty.

Ja, a Bisl, wie ich alles a Bisl kann. Aber, daß ich Ihnen weiter erzähl! Ich hab' mir mein Lebtag nichts aus die Leut' gemacht, nicht um einen halben Kreuzer, und sie wissen's alle. Wir haben nichts zum Leben, wenn der Großpapa heut' oder morgen stirbt, und da sollte ich halt danach sein. Aber was geht's mich an, was morgen ist? Ich leb' derweil, und ich will leben. Soll ich mir die Augen ausweinen dafür? Wär' nur Schad' darum.

Doktor
(hat einen Ring vom Finger gezogen, spielt damit).

Da haben Sie Recht, das wäre sehr schade.

Kitty.

Ach, nicht so, ich bin froh, daß ich einmal mit einem vernünftigen Menschen plauschen kann. Und red't's sich denn nicht ganz gut mit mir?

Doktor.

Gewiß, Baroneß.

Kitty.

Sehn's, das glaub' ich Ihnen. Aber Sie erlauben schon wieder! (Nimmt ihm den Ring.)

Doktor.

Wissen Sie, was Sie da in der Hand halten?

Kitty.

A Ringerl. A ganz hübsches! Aber Schmuck hätt' ich so genug und tragen könnt' ich's höchstens als Bracelet.

Doktor.

Es ist der Verlobungsring meines Vaters. Möchten Sie ihn behalten bis auf Weiteres? Es war eine lange und glückliche Ehe.

Kitty.

Ich bitt' Ihnen, reden's nicht so, ich bitt' Ihnen, das kann doch niemals Ihr Ernst sein.

Doktor.

Sie sagten doch selber, Sie trauten mir keinen Scherz zu. Wenn's also mein Ernst wär'?

Kitty.

Ihr Ernst?

Doktor.

Was würden Sie dazu sagen?

Kitty.

Ihr Ernst? (Nach einer Pause): Aber ein arm's und verwöhntes Mädel — so ein Luxus!

3*

Doktor.

Sie waren offen gegen mich — ich will's auch gegen Sie sein. Es ist ein einödiges Leben, das wir immer geführt haben. Wir sind reich geworden dabei, aber was Genuß, was Fröhlichkeit heißt, das hat niemand von uns gekannt. Aber ich wills kennen lernen, und Sie scheinen mir die rechte Lehrmeisterin dafür. Es mag das ein Luxus sein, aber meine Mittel gestatten mir ihn. Was hier mit Ihnen war oder auch nur gesprochen wurde — denn man hat mir wirklich manches erzählt — das geht mich nichts an, dem will ich nicht nachfragen, das gilt bei uns nicht.

Kitty.

Wie reden Sie zu mir? Solche Worte hat noch niemand zu mir gesprochen!

Doktor.

Weil es die der Wahrheit sind. Aber Sie müssen mich weiter hören. Ich bin einziges Kind. Meine Mutter hat mich sehr lieb. Sie hat mich erzogen, als mein Vater vor der Zeit unter der Arbeit zusammenbrach. Sie war mir noch nie und in nichts entgegen. Worüber ich mich hinaussetze, das besteht auch für sie nicht. Aber gegen ihren Willen thue ich auch nichts. Sie haßt die Bahn, noch niemals ist sie mit ihr ge=

fahren, noch niemals hat sie ihren engsten Um=
kreis verlassen. Und sie ist eine alte Frau. Ich
kann ihr die weite Reise nach Wien nicht zu=
muten. Wollen Sie zu uns nach Glocksdorf —
vorläufig mein Gast?

Kitty.

Nach Glocksdorf? So, Glocksdorf gehört
Ihnen? Ja, und meinen Sie, ich könnte der
alten Frau gefallen?

Doktor.

Lüde ich Sie sonst ein?

Kitty.

Und sein's nicht bös', wenn ich Sie frag'.
Aber was ist sie für eine Frau?

Doktor.

O, eine herrliche. Sie ist klug, wie der
Tag. Niemals mischt sie sich in etwas, was nicht
ganz ihres Amtes ist. Die Leute meinen, sie sei
hart, aber das können nur Menschen glauben,
die sie nicht kennen. Was zu ihr gehört, das
hat sie lieb für immer. Und Sie wollen doch
zu uns gehören, Baroneß? (Steht auf.)

Kitty.

Wollen, ja wollen möcht' ich schon — aber
ob ich's können werd'!

Doktor.

Sie werden ihr gefallen. Sie ist doch auch einsam, niemand ist um sie, nur eine Enkelin, das Kind einer Schwester, die früh gestorben ist und die sie nun bei sich hat und sehr, sehr liebt. Da ist man empfänglich und dankbar für Jugend und Frische. Sie sollen sie uns bringen, und ich möchte Sie so gern erlösen von allen Sorgen, allem Niedrigen, allem Leid!

Kitty.

Ihnen glaub' ich's, glaub' ich alles, und ich komm'. Und wann kommt man denn am besten?

Doktor.

Am besten, wenn man bald kommt.

Kitty.

Ich komme, ich komme bald.

Doktor.

Also auf Wiedersehen in Glocksdorf! Die Herbstjagd beginnt bald.

Kitty.

Auf Wiedersehen in Glocksdorf! Leben's derweil wohl, tausendmal wohl! (Doktor ab.) Mutter Gottes, Deinen silbernen Rahmen kriegst; schwer wird er, schön wird er, nur diesmal hilf mir! Großpapa! Großpapa! Lizzi!

Zwölfte Scene.

Herr von Stöber. Kitty. Lizzi.

Stöber (eilig).

Was giebt's, Kitty?

Kitty.

Ich bin verlobt mit Herrn Doktor Karl von Bauer, dem Besitzer von Glocksdorf — so gut wie verlobt.

Stöber.

Gott segne Dich, mein Kind, mein liebes Kind. Du ahnst gar nicht, wie glücklich Du mich machst.

Kitty.

Lizzi, Lizzi! Wo bleibt die nur wieder?

Lizzi.

Was giebt's schon wieder, wenn man endlich einmal lernen möchte?

Kitty.

Ich habe mich verlobt, denk' Dir, ich habe mich verlobt!

Lizzi.

Was, schon wieder?

(Der Vorhang fällt.)

Zweiter Akt.

(Park von Glocksdorf, sacht zum Hintergrund ansteigend. Viele Laubbäume mit fahlem Laub. Ein Rondell, von dem aus einige Stufen zum Schlosse führen. Ein sonniger Tag, etwa zu Anfang Oktober. Morgenstimmung.)

Erste Scene.
Gärtner. Marie.

Gärtner
(hat ein Bouquet fertig, übergiebt es der Marie).

So, das stelle sie jetzt dem Fräulein aufs Zimmer, und wenn die, wie bei ihr anzunehmen, Geschmack hat, so muß es ihr nach etwas gleichsehen, und wenn sie dann fragt: »Wer hat das gebunden?« so antwortet sie ihr: »Der Gärtner Dokanski läßt sich der gnädigen Baroneß empfehlen und ihr die Hand küssen.« Was meint sie, wird sie sich das merken können, Marie?

Marie.
So dumm bin ich lang nicht, wie sich der Herr Gärtner einzureden beliebt. Der Herr Gärtner ist ein bischen sehr eingebildet auf seine Gärtnerei.

Gärtner.

Weils auch ein Kunst ist, und ich bin ein Künstler in dieser Kunst. Blumen ziehen ist nicht so leicht, wie sogar feine Wäsche bügeln, Blumen binden schwerer wie zusammenräumen. Damit ist ihre Weisheit fertig. Ich aber kann beides zusammen.

Marie.

Ja, der Herr Gärtner kanns und er kann noch eine Kunst. Nämlich — so sagt die alte Frau — er kann so stehlen, daß man ihn niemals dabei erwischen kann.

Gärtner.

Beschränkte Person!

Marie.

Wen meint der Herr Gärtner? Meint er die alte Frau?

Gärtner.

Nein, Sie Marie! Denn daß die alte Frau das nicht versteht, ist am Ende kein Wunder. Herrschaft werden ist keine Kunst; wenn man nur das Geld hat, so trifft's ein jeder. Aber was sich alles zum Herrschaftsein gehört, das begreift schon wieder nicht ein jeder. Die alte Frau ist's noch nicht so lange, daß sie schon alles wissen müßte; und bei Herrschaften von gestern müssen wir Dienstleute wissen und aufpassen darauf, was sich gehört. Sie also, Marie, was sie doch ein feines Stubenmädel vorstellen will, sollte das begreifen: »Jeder Herrschaftsgärtner hat über seinen Gehalt Emolumente.« Merke sie sich das Wort: »Emolumente«, von denen nichts gesprochen wird. Das heißen die gewöhnlichen Leute dann bei ihm stehlen. Aber es gebührt ihm von Rechts wegen — versteht sie das?

Marie.
Das ist also wie bei die Müller?

Gärtner.
Just so. Und wers anders macht, der ist kein richtiger Gärtner oder Müller. Ich aber bin ein gelernter und geschickter Gärtner — versteht sie das? Und jetzt mache sie aufs Zimmer. Die Baroneß kann mit dem Herrn gleich da sein. Die wirds schon verstehen, was sich gehört. Die hats in sich, daß sie herrschaftlich leben begreift oder bald gewöhnt. Da hat man schon sein Auge dafür, Marie.

Zweite Scene.
Vorige. Olga. Helene von Bauer.

Helenens Stimme.
Marie! Gärtner!

Beide.

Gnä' Frau befehlen? (Helene und Olga treten auf.)

Helene.

Lassen Sie sehen!

Marie.

Hier, gnä' Frau.

Helene (betrachtet das Bouquet).

Es ist ganz schön. Du kannst gehn, Marie. Gärtner, die feinen Spaliertrauben sind mir heuer etwas gar zu schütter geraten.

Gärtner.

Es sind eben nicht mehr geworden, gnä' Frau.

Helene.

Das Jahr war nicht darnach. Sie haben wunderschön abgeblüht. Der Sommer war warm, wie nicht oft bei uns. Netze waren übergezogen, damit kein Vogel dazu kommen konnte. Der Herbst war schön und warm. Es mußten unbedingt mehr da sein. Ich kenne mich schon aus.

Gärtner.

Wenns aber doch nicht mehr geworden sind, gnä' Frau! Ich kann nicht hexen.

Helene.

Nicht frech sein, oder mit der Gärtnerei hats ein End! Sie können gehen, Jakob! (Gärtner ab.

Zu Olga.) Aerger, nichts als Aerger, hat man mit dem Gute, das heißt mit den Leuten!

Olga.

Du nimmst die Sache auch vielleicht zu ernst, Großmutter.

Helene.

Zu ernst? Alles auf der Welt ist ernst! Wer ein Ding leicht nimmt, der nimmt ein jedes leicht und der kommt zu nichts. Ernst nehmen und schwer nehmen — das ist freilich wieder ein anderes Ding!

Olga.

Nun, Großmutter, Du wirst's ja jetzt bald leichter haben, wenn Karl heirathet und seine junge Frau kommt ins Schloß. Weißt, ich kann Dir gar nicht sagen, wie schön ich mir das denke. Eigentlich ist's doch immer recht öde und traurig gewesen. Du wolltest ja niemals hineinziehen.

Helene.

Ich hab's erlebt, wie man aus dem Bauern= hause ins Schloß zieht; den Umzug möcht' ich nicht mehr mitmachen. Da bleib' ich, wo's sicher ist, im Bauernhause. Ich bin kein Freund von der Wanderei. Da sind meine Füße zu alt dazu. (Setzt sich.) Setz' Dich auch! Ich habe Dich gern neben mir; man spürts ordentlich, wie jung Du noch bist und wie das noch alles lebt in Dir. Das thut mir gut. Und Du hast Dir nie gedacht wie sich's leben möcht' auf Schloß Glocksdorf?

Olga.

Nein. Weißt Du, wem's so gut geht wie mir bei Dir, der wünscht sich nirgends hin fort; es ist recht schlecht eigentlich von mir, aber mir haben meine Eltern noch niemals gefehlt.

Helene.

Weil Du sie nie recht gekannt hast. Es ist doch ein curioser Geschmack — bei einer alten Frau! Was hast denn von Deinem jungen Leben? Du lernst arbeiten. Ich hab' mein Lebtag nichts anderes gekannt, und ein Roß, das das Ackern gewohnt ist und die Robot, träumt am Ende gar davon. Aber Du bist reich.

Olga.

Großmutter, liebe Großmutter, sprich mir nicht so! Wenn ich reich bin, so danke ich es zunächst Dir — und dann werde ich schon einmal, zu seiner Zeit, etwas davon haben. Ich kann's schon noch erwarten. Was kann sich der Mensch mehr verlangen, als alles, was er will, und das habe ich doch immer gehabt.

Helene.
Weil Du bescheiden bist. Die gestern gekommen ist, begehrt sich schon mehr.

Olga.
Großmutter, sie darfs.

Helene.
So, und warum denn?

Olga.
Ach, sie ist so reizend. Wie sie gestern zu Abend hereingekommen ist zu Dir in die Stube — es war, wie wenn die Lampe heller brennen möchte und wie wenn sich die Zimmerdecke höbe! Und wie sie sich kleidet und wie sie redet, so warm, so herzlich, und die Achtung vor Dir! So möcht' ich gern sein, wie sie.

Helene.
Ja, das Schönthun versteht sie und sie weiß auch ganz gut, warum.

Olga.
Großmutter, Du thust ihr Unrecht; das ist sonst nicht Deine Sitte.

Helene.
Und warum? Unrecht thu' ich ihr keines, und manchmal hab' ich mir in der Zeit, wie ich zuerst davon gehört hab', bis sie gekommen ist,

gedacht: Es ist gut so, er nimmt sie. Denn das
Gut hat ihren Leuten gehört, noch ehe sie auf
der Welt war. Sie haben es gehabt, Gott weiß,
seit wann. Aber sie waren Zehrer, und wir
waren Sparer, und wir haben darauf, und auf
den richtigen Augenblick gepaßt. Und Unrecht
haben wir ihnen keines gethan. Aber na —
überzahlt haben wir es auch nicht, und käm's
so wieder an die — denn jetzt müßt' es ihr ge=
hören — so hätt' ich gar nichts dagegen. Aber
jetzt hats zwei Haken.

Olga.

Großmutter, ob Du nicht zu streng bist
gegen sie?

Helene.

Ich darfs sein. Ich hab' damit alleweil bei
mir angefangen, Kind. Aber das Eine hat mit
der Strenge nichts zu thun. Unser Herrgott
hat wollen, daß sie — ihre Leute nämlich —
hier abhausen, und unser Herrgott ist immer
noch gescheidter als ich, das weißt Du. Und will
ers, daß sie wieder heraufkommen und just da,
wo sie heruntergekommen sind, so werde ich ihm
nichts dawider thun, denn er weiß, warum ers
so will. Zeit wär's am Ende auch, daß ein
Bisl ein leichteres Blut käme in unsere Familie.
Denn wir sind schwerlebige Menschen. Aber ob

das nicht wieder zu leicht ist? wie fragt man beim lieben Vieh danach und beim Menschen soll man sich nicht darum kümmern.

Olga.

Und warum denkst Du so über sie — Du hast doch gar keinen Grund dazu?

Helene.

Wär' sie nur nicht allein gekommen — das gehört sich in Ewigkeit nicht.

Olga.

Sie kam doch zu seiner Mutter!

Helene.

Es gehört sich aber doch nicht.

Olga.

Also, wenn sich Karl erklärt, wirst Du ihm entgegen sein?

Helene.

Nein, merk' Dir das, was ich Dir jetzt sage: ich war meinem Manne in nichts entgegen, so lange wir beisammen waren, und darum haben wir sein Lebtag keinen Streit gehabt. Er hat gemacht, was er hat wollen: darnach, wenn er sich einmal gehörig angerannt hat, ist er schon gekommen: »Komm, hilf mir, Lenerl!«

Olga.

Lenerl hat er Dir gesagt?

Helene.

Ich war nicht immer so, wie ich jetzt bin. Jetzt hör' mich zu Ende. Es steht schon dafür. War's einmal so, so hab' ich nicht gemault, sondern geraten und geholfen, so gut's noch gegangen ist. So was merkt man sich schon, und so halt' ich es jetzt mit dem Karl. Man muß ein Kind zu ziehen wissen — das ist die eine Kunst, danach, jetzt, wo er gezogen ist, muß man wieder wissen, wann man mit dem Ziehen aufhört — das ist die andere und schwerere Kunst.

Olga.

Und wenn Du glaubst, er würde mit ihr unglücklich?

Helene.

Ich schweige. Er soll mir nicht einmal die Ohren vollraunzen: »Mutter, wärst Du damals meinem Glück nicht im Wege gestanden, es wäre alles anders.« Der Mensch muß selbst ausprobieren, wie ihm gedeiht, was immer er thut im Leben. Ich will meine Ruhe haben auf meine letzten Tage. Und noch eins merk' Dir, Olga, mein Herzerl: Ich lebe lange, aber so viel ich habe sehen können, so geschieht nichts auf der Welt, was nicht geschehen muß. Merk' Dir Beides, Du wirst Beides schon noch brauchen.

Olga.
Das versteh' ich nicht.

Helene.
Man muß wachsen, ehe man so hoch greifen kann. Kinder, die immer über sich greifen, werden nicht groß.

Olga.
Großmutter, so möcht' ich werden wie Du!

Helene.
Erst möcht'st sein, wie die Baroneß, nachher wie ich. Das reimt sich nicht, in Ewigkeit nicht. Aber komm', wir wollen heute im Schlosse essen. Und sie soll merken, daß wir Bauersleute auch wissen, was sich gehört. Komm' Olga, Du mußt doch bei allem dabei sein.

Olga.
Ich weiß nicht, Großmutter, ich höre sie kommen, ich möcht' doch lieber . . .

Helene.
Wenn's Dich freut — ist ein billiges Vergnügen (ab).

Dritte Scene.
Olga. Doktor. Kitty.

Kitty.
Guten Morgen, so spät wach?

Olga.

O nein, wo denken Sie nur hin, Baroneß? Ich war mit der Großmutter. Wir sind spazieren gewesen.

Doktor.

Spazieren und inspicieren?

Olga (lacht).

Du kennst ja die Großmutter. Sie kann keinen Augenblick müssig sein. Sie sieht auf einen Blick mehr wie andere in einem Tag. Ich begreif's, wenn die Bauern von ihr sagen: Sie braucht einen Acker nur anzuschauen, und sie weiß, was darauf wachsen kann, und was nicht. Könnte man ihr das nur ablernen! Aber ich glaube, ich bin ewig zu dumm dafür.

Kitty.

Es wird schon anders auch gehen. Ich kann's gewiß nicht. Na, und es hat mir bis heute just auch nicht so sehr gefehlt.

Olga.

Ja Sie Baroneß, Sie sind nicht dafür auf der Welt. Aber wir sind gewöhnliche Menschen und wir müssen froh sein, wenn wir die Pflichten, die wir einmal übernahmen, auch nur leidlich erfüllen. Und Pflichten bleiben keinem erspart, sagt Großmutter.

Doktor.

Kitty wird auch ihre Pflichten haben und sie erfüllen, wenn es einmal an der Zeit ist. Nicht wahr, Baroneß?

Kitty.

Es wird schon so sein. Aber denken thut man doch just nicht gar zu gern daran.

Olga.

Nicht? Und mich freut die Arbeit. Nun, und daran hat es bei uns auch noch Keinem gefehlt.

Kitty.

Ja, ja, ich weiß: Arbeit macht das Leben süß. Ich bin aber kein Freund von die süßen Sachen. Aber reden wir von etwas Gescheiterem. Doktor, es war doch hübsch heut' früh.

Doktor.

Hat Ihnen der Ritt eine Freude gemacht? Ich muß Ihnen übrigens doch wieder ein Compliment machen. Sie reiten brillant, Baroneß.

Kitty.

Ach, das Reiten! Das ist ja das höhere Tanzen! Und wie schön das war! Wissen's, so ein — wie sagt man nur gleich — so ein rechter, rechter Sonntag. Die Felder und die Sonn'! Ich hab' mein Lebtag noch keine solche

Sonn' gesehen, so geglitzert hat alles, und die weißen Spinnweben auf die braunen Aecker — man sollt' nit meinen, was das schön sein kann. Und so still war's. Nur etwas hat so geklopft im Walde, und ich hab' nicht einmal gewußt, daß das ein Specht ist. Jesus, wie dumm man doch ist! Und das viele, viele rote Laub, und der Wind, der einem um die Ohren pfeift: »Komm' mit, komm' mit, wer ist geschwinder?« und das Eichkatzerl, wie das den weißen Baum hinauf ist mit seinem roten Pelzerl wie ein Stückerl roter Blitz, und wie's dann hinuntergeguckt hat auf uns — ich wär' ihm am Liebsten nach und hätt' ihm ein Busserl geben auf sein komisches Goscherl! Aber das hätt' sich doch wieder nicht gehört. Du mein lieber Jesus, es ist doch allweil das Beste auf der Welt, was sich nicht schicken thut auf ihr!

Olga.

Wie Sie nur erzählen, Baroneß! Man sieht Alles und staunt, was Sie Alles sehen.

Kitty.

Wissen's, Fräulein Olga, weil's mir neu ist, und weil's mich freuen thut. Und ein schönes Leben ist das da hier und auch ein gesundes Leben. Aber mir scheint, man muß selber gesund sein dafür. Und Sie sind's, scheint mir, und so ein lieber Schneck sind Sie! Ich muß heute noch mein Extra=Vergnügen haben, ganz für mich: Sagen wir Du zu einander! Willst, Olga?

Olga.

Baroneß, wenn Sie erlauben! Wie gern.

Kitty.

Also, es gilt; und wer sich irrt, der zahlt ein Sechserl für die Armen, das heißt also für mich. Gilt's, Olga?

Olga.

Es gilt, Kitty. Wie ich Deinen Namen gehört habe, da hab' ich mir gleich gedacht: So darf nicht eine jede heißen. Die muß auch danach sein. (Helene ist auf der Treppe erschienen, ruft): Olga! Großmutter ruft! (Man sieht beide mit einander sprechen, dann im Hause verschwinden.)

Vierte Scene.

Doktor. Kitty.

Kitty.

Behüt' Dich Gott derweil, Olga! So ein lieber Kerl. Wissens' Doktor, das wär' einmal ein famoses Frauerl für Ihnen.

Doktor.

Ich glaube, meine Mutter hatte auch einmal solche Wünsche. Ich habe nie daran gedacht, und jetzt, seitdem ich Sie kenne, schon gar nicht. Jetzt weiß ich, wessen ich bedarf. Es war übrigens hübsch von Ihnen, daß Sie sich mit ihr so gut gestellt haben. Sie schwärmt für Sie.

Kitty.

Hübsch war es? Sein's so gut! Ist sie denn nicht herzig zum Fressen? Ein Bisl modernisieren könnte man sie leicht. Es ist übrigens curios: Ein Kleid modernisieren ist das Billigste, einen Menschen modernisieren ist das Teuerste, was man damit nur anfangen kann.

Doktor.

Nun, es war aber auch klug von Ihnen. Denn sie ist eine dankbare Seele und die Mutter giebt viel auf sie und sieht es gern, wenn man ihr freundlich begegnet. Ich glaube, sie hat Sie bald lieber als mich.

Kitty.

Sehr liebenswürdig. Da hat sie just kein' schlechten Gusto; und seh'ns, daß das klug sein sollte, daran hab' ich kein' Augenblick gedacht. Ich thue immer, was mir im Kopf ist, ob's gescheidt ist oder dumm. Aber von Ihnen war's lieb, daß

Sie mich hergeladen haben. Kommt nach, was da will: Hübsch war es, und fesch war es, und der Tag gefreut mich und ich will mir ihn merken.

Doktor.

Ich hoffe, er ist der Vorläufer vieler schöner. Es läßt sich leben bei uns, es läßt sich leben mit uns. Freilich es giebt viel Arbeit, die auf den Schultern der Frau lastet, die einmal hier zu Hause und Herrin sein wird. Das geht nun einmal nicht anders, läßt sich keiner ganz ersparen. Jede muß sich ihr unterziehen. Und wer könnte besser Frohsinn in die Bethätigung der Pflicht bringen, als Sie, Baroneß, mit Ihrem Verstande, mit Ihrem glücklichen Naturell. Wüßten Sie nur, wie Sie mir gefallen! Ich bin doch sonst ein nüchterner Mensch. Aber Sie gefallen mir hier besser, viel besser noch als in der Stadt. Und wüßten Sie nur, wie gerne ich Sie hier behielte — nicht als Gast, für immer, immer Kitty!

Kitty.

Und wüßten Sie erst, wie gern ich dableiben thät'! Mir ist's die ganze Zeit, als wäre ich da zu Hause und dürfte nimmer fort, als könnte ich dafür Alles thun, was man von mir verlangen könnte, als wären die in Wien gar nicht meine rechten Leut' und das Leben wäre dort kein rechtes Leben.

Doktor.

Kitty, liebe Kitty, was bin ich froh!

Kitty.

Ich glaub's Ihnen. Und wissen's, lieber Doktor, wie's wird, kann man niemals nicht vorher wissen, aber ein guter Kerl bin ich und gut bleiben wir miteinander; ich hab's Ihnen früher auch nicht sagen wollen, aber Sie gefallen mir da haußen anders als wie in der Stadt. Erst hab' ich mich gewundert, wenn's überhaupt was angeschafft haben: Ja, darf's sich denn der trauen? Jetzt seh' ich: Sie haben's in sich, daß man Ihnen folgen muß. Sicher sind's, ein Mann sind's. Macht das auch das Land?

Doktor.

Weil ich hier Herr bin von Jugend auf, weil ich alles verstehe und kenne, dieses ganz eigentümliche Leben, diese ganze Arbeit, die einen ganzen Mann fordert.

Kitty.

Ja, und das sind Sie.

Doktor.

Kitty, liebe Kitty, einen Kuß!

Kitty.

So verwöhnt man sich die Leut'. Jetzt soll' ich mich zieren, aber das ist wieder nicht meine Sache. Also, weil ich ein guter Kerl bin (küßt ihn).

Doktor.

Kitty, liebe Kitty! (Küßt sie nochmals.)

Fünfte Scene.

Vorige.

Stimme des Gärtners.

Herr Doktor, Herr Doktor!

Doktor (sehr heftig).

Was giebt's, zum Teufel? (Kitty fährt zusammen.)

Gärtner.

Herr Doktor, Sie möchten in den Stall kommen, läßt der Reitknecht bitten. Der Braune lahmt (auf der Treppe erscheinen Helene und Olga).

Doktor.

Was hat der Lümmel von einem Reitknecht wieder angerichtet? Ich werde dem Kerl schon noch einmal zeigen, wie man Pferde behandelt. Der Alix hat nichts gefehlt, wie ich sie geritten habe. So ein Pech! Ich komme gleich. Sagen Sie's ihm.

Kitty.

So heftig, Doktor? Da könnte man sich beinahe fürchten.

Doktor.

Ach, man muß wohl zornig werden. Eine gute Stunde hat man in Tagen und freut sich mit ihr — sie bleibt einem nicht unvergällt. Verdruß, nichts wie Verdruß; Schaden, nichts wie Schaden! So wie man einmal nicht überall dahinter ist! Mein bestes Pferd und mein liebstes Pferd überdies! Bengel nichtsnutziger, wenn Du mir etwas angestellt hast! Leben Sie mir indessen wohl, Kitty. Sobald ich nur weiß, was dem Tiere fehlt, bin ich wieder da. Wissen Sie, man muß in allen Sätteln gerecht sein, sogar ein wenig Tierarzt spielen muß man können, will man hier seinen Platz vollkommen ausfüllen.

Kitty.

Leben's wohl! In der Stadt hätt' ich nicht geglaubt, daß man sich fürchten könnt' vor Ihnen. (Geht den Frauen entgegen.)

Sechste Scene.

Helene. Olga. Kitty.

Kitty.

Frau von Bauer, Ihnen habe ich noch nicht guten Morgen sagen können. Ihrer Enkelin schon und so gut sind wir mit einander geworden!

Helene.
Etwas schnell ist das allerdings gegangen.

Kitty.
Wissens, Frau von Bauer, bei mir geht Alles entweder gar nicht oder schnell. Ich mag keine Brodlerei nicht.

Helene.
Olga hat mir schon Alles erzählt. Es war übrigens recht hübsch von Ihnen, Baroneß, und ich habe nicht einmal Angst dabei; eitel machen Sie mir das Kind nicht. Und sie kann sich Ihnen mehr widmen als ich es könnte, sie hat immerhin noch mehr freie Zeit.

Kitty.
Das kann ich mir denken. Sie sehen ja aus, gnädige Frau, wie eine, die sich lieber selber plagt, nur damit Andere sich halt nicht so plagen müssen.

Helene.
Keinen Schritt thue ich mehr als ich muß. Giebt gerade genug für jeden Tag, wenn man darin nichts versäumen will, und in der Nacht schläft man dann ein Stück Leben weg. Und dann — ich habe sie noch nie gelobt, wenn sie dabei war, aber die Olga ist ein tüchtiges Mädel.

Kitty.

Nit rot werden, Olga, Tschapperl, kannst ja nichts dafür. Nit rot werden! (Hebt ihr das Köpfchen in die Höh'.) Aber hübsch bist dabei, hübsch. Wie kann man nur so gar hübsch sein!

Olga.

Baroneß!

Kitty.

Kostet ein Zehnerl! Ist eh' das erste, was ich heut' verdien'. Ich möcht' schön darum gebeten haben; ein armes Waisenkind thät recht schön bitten um ein Sechserl oder ein Busserl. (Küßt sie.) (Olga reißt sich los.) (Rasch ab.) Nein, Frau von Bauer, wie kann man nur so jung sein!

Siebente Scene.

Kitty. Helene.

Helene.

Nun so gar alt sind Sie doch auch nicht, Baroneß!

Kitty.

Na, für ein Großmütterl könnt' ich freilich noch nicht passieren außer es ist aber schon sehr finster. Und heute bin ich auch lustig, fidel, wie schon lange nicht. Ich glaube, wenn mich wer streichelt, so fang' ich zum Spinnen an wie eine Katz'. Und ich mag die Katzen nicht. Es sein falsche Dinger. Aber wollen Sie's vielleicht probieren, Frau von Bauer?

Helene.

Ich danke, Baroneß, nein; aber was stimmt Sie so vergnügt?

Kitty.

Ich weiß nicht, gar nichts oder Alles. Der Garten, das Schloß. Ober sollte man glauben, daß man jetzt schon im Oktober ist? Der Himmel! Und dann, ich hätte mir nie gedacht, es könnte mir an einem fremden Orte so gut gefallen, wie da. Na, eigentlich ist's schon für uns kein fremder Ort. Wie schön das Alles ist! Und wie sauber! Und wie solid! Da ist nichts für's Auge. Man darf schon klopfen überall. Es ist doch was Schönes um's Haben!

Helene.

Ja, es ist etwas Schönes darin, Baroneß. Und ich habe geholfen mit erwerben durch mein Lebenlang. Ahnen Sie auch nur, was das heißt, ein Vermögen, wie das unsrige erwerben? Und was die Frau da Alles dazu thun muß! Da hat man keine Zeit für sich, wie erst für Fremde! Und wer Ihnen sagt, an dem, was die Bauers haben, ist auch nur ein unrechter Kreuzer, der lügt in die Seele hinein. Das sage ich Ihnen.

Kitty.

Ich glaub's Ihnen auch, Frau von Bauer. Wissen's, wie Sie da vor mir sitzen, da seh' ich schon, was Sie reden, ist wahr und steht. Und Sie haben kein Wort geredet, was nicht wahr ist und stehen kann, seitdem daß Sie überhaupt reden.

Helene.

Das kann kein Mensch von sich behaupten — ich auch nicht. Wer sagt, er habe nie gelogen, der spricht in derselben Minute die größte Lüge, die man sich überhaupt ausdenken kann. Aber das meine ich nicht und davon wollen wir nicht reden. Sondern, ich möchte doch nicht erleben, wie das wieder verthan wird, was wir in sauerer und langer Arbeit zusammengebracht haben. Ver= than ist leicht.

Kitty.

Ich weiß es, die Kunst haben wir alleweil verstanden!

Helene.

Ich bin über niemanden Richter und in dem Sinne habe ich meine Worte nicht gebraucht.

Kitty.

Reden's nur fort, gnädige Frau, und kümmern's Ihnen nicht um mich närrisches Ding. Sie können's sich gar nicht ausdenken, wie mir ist, wenn ich Sie reden hör' und was ich mir denke dabei.

Helene (kühl).

Nun, und was denken Sie sich dabei?

Kitty.

Darf's ich sagen, wirklich sagen?

Helene.

Wenn es Sie freut?

Kitty.

Aber Sie dürfen nichts dahinter suchen, ich mein's so, wie ich reden thu' — hier und immer so.

Helene.

Das glaube ich wieder unbedingt Ihnen.

Kitty.

Das ist lieb von Ihnen. Also, ich wollt', ich wär' Ihre Tochter!

Helene.

Ich hab' an meinem Buben genug!

Kitty (springt auf).

Heraus muß es! Ich wollt' also, man hätt' mit mir gesprochen, wie ich klein war, wie Sie reden mit der Olga; ich hätte Sie oder so was Aehnliches vor Augen haben können! In jeder Stunde! Nicht damit man mir gepredigt hätt' — ich glaub' allweil, der Pfarrer, der am

längsten redt', dem schlafen nur die meisten Leut'
ein in der Kirchen — nein, so daß man sieht,
das gehört sich und das darf nicht sein, und
daß man's erlernt, man weiß gar nicht wie.

Helene.
Sie hatten doch eine Mutter?

Kitty.
Die! So ein armer Narr! Wissen's, der
Vater hat niemals nicht viel getaugt, aber fesch
war er und er hat thun dürfen, was er hat
wollen, so war er der Herrgott — Alles nur,
weil er fesch war, und weil er famos hat tanzen
können. Und ich war nicht dumm, und ich hab'
schon als ganz Kleines gesehen, wohin wir kommen
mit der ewigen Tanzerei. Aber ich hab' nicht
gesehen, was ich hätt' thun können. Ich bin
keine Raunzerin. Hab' ich halt mitgetanzt. Und
wem's Tanzen einmal so gewohnt ist, dem schmeckt's
Gehen nicht mehr. Aber glauben Sie mir, Frau
von Bauer, allweil war mir nicht tanzerig dabei.
Allweil nicht!

Helene.
Es hat eben jeder sein Kreuz.

Kitty.
Heraus muß es und auf der Stelle. Und
wenn mir's so recht war, wie einem verlaufenen

Pinscherl, was sein Maulkörbel vergessen hat,
und die Marke haben's ihm noch nicht gekauft
— wen hab' ich gehabt? Meinen Großvater —
der hat mit sich zu thun; und wenn mir's zum
Weinen war, so hab' ich mir gedacht: »Schenkt
Dir niemand einen Kreuzer für Dein Weinen.
Und die Augen verdirbst Dir damit, und schön
mußt sein, sonst ist's gar mit Dir, gar ist's und
geschehen ist's!« Und so bin ich, wie mich die
Leute gemacht haben. Und weil ich mir oft bei
mir denke: »Wärst Du anders, so wärst Du
besser,« darum hab' ich's gesagt: »Ich wollt',
Sie wären mein Mutterl.« — Aber ich hab'
alleweil »Mama« und »Sie« sagen müssen. Das
Alter hätten's doch dazu, das kann Ihnen doch
nicht beleidigt haben, und wie ich meiner Mutter
die Hand geküßt hab', so thät' ich's Ihnen gern.
Erlauben's, gnä' Frau? So, ich danke Ihnen!

Achte Scene.
Vorige. Olga.

Olga (kommt mit einer Theerose).

Für's Mittagessen, Kitty; es ist die letzte im
Freien.

Kitty.

Ich danke Dir, recht herzlich danke ich Dir.
Aber ich verplausche mich). Ich muß mich doch

umzieh'n fürs Mittagmahl. Ich steh' noch allweil da im Reitkleid; gleich bin ich fertig. Darf ich dann wieder zu Ihnen kommen, gnä' Frau? Komm' ich nicht ungelegen?

Helene.
Wenn's Ihnen darum zu thun ist?

Kitty.
Nicht so! Darf ich's?

Helene.
Sie dürfen! (Zu Olga.) Man soll die schwere Silbergarnitur auflegen!

Olga.
Wart', Kitty, ich komm' mit! (Beide ab.)

Neunte Scene.
Helene. Doktor.

Doktor.
Mutter, wo ist sie?

Helene.
Ins Schloß, sie muß sich umziehen.

Doktor.
Und nun, Mutter, was sagst Du zu ihr?

Helene.
Ich bin nicht flink, das geht so geschwind nicht bei mir.

Doktor.

Aber nicht wahr, liebe Mutter, sie ist reizend?

Helene.

Das bestreit' ich nicht. Sie ist sogar mehr, sie ist gut, ganz gut!

Doktor.

Für das Wort danke ich Dir!

Helene.

Du? Wie kommst Du dazu?

Doktor.

Du kannst Dir's doch denken! Aber bitte, liebste Mutter, spiele heute nicht Verstecken mit mir. Du weißt, Du hast uns nicht an's Reden gewöhnt, wir haben's immer in uns und mit uns abmachen, Vieles verschweigen müssen!

Helene.

Weil jeder mit sich allein selber fertig werden muß. Wer das nicht trifft, wer immer erst einen Berather und Beichtiger braucht, der wird mit gar nichts fertig im Leben.

Doktor.

Ja, Mutter. Ich habe das ja auch begriffen. Aber ich habe das Mädchen so gern. Es ist so ein eigenes, so ein liebenswürdiges Mädchen. Ich sehe seine Fehler ja auch. Aber ich meine, es ist keiner darunter, den ein rechter Mann nicht bessern, nicht mit Eifer und Liebe sogar heilen könnte. Laß mir den Glauben, ich sei der rechte Mann. Ich meine, ich werde mich genug zu plagen haben, nun bald Alles auf mir ruht. Denn der Besitz wächst, man wird fort= rackern müssen, damit man ihn nutzen kann. Aller meiner Kenntnisse werde ich bedürfen, aller meiner Kraft und Thätigkeit.

Helene.
Karl, rede Dir darauf nichts ein. Das hat Dein Vater selig auch gethan, und hat's schwerer gehabt im Anfang, aber gesprochen hat er nichts darüber. Das macht den Unterschied.

Doktor.
Du hast Recht, Mutter, wie immer Recht. Aber starb er nicht auch in jungen Jahren mit daran? Und, siehst Du, wir sind alle strenge Menschen, und komme ich vom Tagewerk nach Hause, so ist's wieder der Ernst und die Pflicht, die mich erwarten. Wie sie heut' neben mir geritten ist, es war Alles anders wie sonst. Und wenn ich mir denke, sie wäre immer da mit ihren tausend Einfällen, mit ihrer raschen und fröhlichen Art — ach, Mutter, wir sind alle trocken und Rechner; sie ist's so gar nicht.

Ich lasse sie nicht, Du darfst mir sie nicht nehmen, wenn sie mich nicht läßt! Was kann man ihr bieten, das sie nicht verdiente, das sie nicht tausendfach vergölte? Es wäre ein ewiger Sonntag mit ihr!

Helene.

Ein ewiger Sonntag? Du kannst mehr recht haben als Du glaubst. Uebrigens bin ich Dir auch nicht entgegen. Aber das Schlüsselbund, das muß sie tragen lernen, und das hat sein Gewicht, sonst gehst Du zu Grund auf Glocks= dorf. Wird's ihr nicht zu schwer sein, wird's ihr passen, zu ihren Kleidern passen? Und wir dürfen nicht herrschaftlich hausen, noch lange nicht, so reich wir immer sind, Karl. Wir müssen noch schaffen, rechnen.

Doktor.

Ich weiß es. Aber wenn sie's könnte, hättest Du was gegen sie, Mutter?

Helene.

Ich hab' Dir's schon gesagt. Ich bin Dir nicht entgegen, und hab' in dieser Sache auch kein Recht dazu. Ich hab' auch ein Herz und gönnen möcht' ich ihr's, daß sie sich bei uns zurecht findet und eingewöhnt. Sie hat's offen= bar nicht so gut zu Hause. Und erst einmal später . . .

Doktor.

Ich danke Dir nochmals, liebe Mutter, ich hab' also freie Hand, und Du wirst auch sehen, es ist das Richtige.

Helene.

Geschieht's überhaupt, so ist's sicher das Richtige. Nichts geschieht auf der Welt, was nicht geschehen muß. Aber schweig! Sie kommt. Worüber wir reden, kann sie sich an den Fingern abzählen, und das muß schlimm sein für einen Menschen, wenn er weiß: »Jetzt verhandeln sie über Dich.« (Doktor thut Kitty einige Schritte entgegen.) Viel Schmuck hat sie auf sich, zu viel für das, was sie hat. Das hat man ja am Ende auch, aber das legt man in den Kasten, aber das trägt man doch nicht!

Zehnte Scene.
Vorige. Kitty.

Kitty.

Nun, gnädige Frau, war ich nicht geschickt?

Helene.

Ja, flink sind Sie gewesen, ich wundere mich darüber.

Kitty.

Wissen's, Frau von Bauer, man hat schon so seine Prax. Man muß sich da manchen Tag manchmal umziehen. Wissen's, man hat vielleicht Gäste bei sich, und nachher muß man in die Visite und dann noch ins Theater und die Leute passen auf einem, wie man angezogen ist und möchten einem gern a Klamperl anhängen, wenn's geht. (Lacht.) Ist noch keinem geraten bei mir und die Langweilerei hab' ich mein Lebtag nicht leiden können.

Helene.

Sie sind also viel in Gesellschaft?

Kitty.

Na, es läppert sich. Meine Leut' kennt man schon in der Stadt und mich kennen auch Viele, und sie haben mich gerne. Ich bin doch die meiste Zeit lustig und ich lache gern, und die Leute sagen, man muß mitlachen mit mir.

Helene.

Und Ihre Schwester? Was ist inzwischen mit der?

Kitty.

Die? Die ist noch ein Schulmädel und soll zu ihren Theken und in ihr Pädagogium. Ich hab' sie gerne, sehr gerne, aber manchmal ist sie gar ein gräßlicher Fratz. Um mich haben sie sich allweil gerissen, und mir haben sie allweil zugeredet, ich soll doch zum Theater. Die

Stimme hätt' ich und fesch und lustig wär' ich auch genug dafür.
 Helene.
So? Und schönen Schmuck haben Sie, Baroneß.
 Kitty (gleichgiltig).
Die paar Sachen da? Nun ja, das hab' ich so mitgenommen, damit man doch was zum Anlegen hat und vor die Dienstboten nach was gleichsieht. Das muß man ja haben, sonst zucken sie die Achseln über einen und sagen: »Ui, wie nothig!« und das soll man der Kitty Herterich ewig nicht nachsagen. Zu Hause hab' ich so noch mehr, schwerere und schönere Sachen. Aber man will doch nicht herumrennen, wie es wohl bei uns giebt, die sich mit die ganzen Dinger von Ahn und Aehnel her behängen, bis daß sie klingeln wie ein Tramwayroß oder ausschauen, als wären's von einem Juwelier gemietet worden, weil die Auslagefenster am Graben teuer sind und die Zeiten schlecht.
 Helene (muß lachen).
Sie haben eine scharfe Zunge, Baroneß. Aber wenn Sie so Gesellschaft gewöhnt sind, — es ist doch manchmal recht einsam in Glocksdorf.
 Kitty.
Probiert man halt, ob man's aushält.

Helene.

Baroneß, da giebt's kein Probieren!

Kitty.

Gnä' Frau, ich bitt' Ihnen, nit gar so ernst! Das vertrag' ich nicht zweimal in einem Tag. Es thut mir kein Gut. Glauben Sie mir, ich kenne meine Natur, und glauben Sie mir, man kann schon mit mir auskommen. Ich thu' keinem Menschen nichts, wenn er mir nichts thut, und alle haben mich gern.

Helene.

Ihr Großvater scheint Sie vornehmlich sehr gern zu haben?

Kitty.

Der Großpapa? Das schon. Das glaub' ich selber beinah'. Aber warum kommen's just auf den?

Helene.

Der Schmuck ist doch wohl von ihm?

Kitty.

Allweil der Schmuck! Soviel ist er gar nicht wert, als was wir schon darüber gesprochen haben, Frau von Bauer. Etwas ist schon von ihm. Wenn er ein gutes Geschäft macht, so kauft er mir was. Etwas ist halt nach der Mutter geblieben und das Meiste — na, man kriegt doch auch Manches geschenkt!

Helene.
So geschenkt kriegt man Manches!

Doktor.
Mutter, meinst Du nicht, vorläufig wäre es genug? Die Baroneß muß müde und hungrig sein.

Helene.
Hast wieder mehr Recht als Du vorläufig glaubst, Karl. Es muß gleich angerichtet sein. Bei uns geht alles nach der Minute.

Kitty.
Das könnt' ich wieder von mir nicht behaupten. Aber angerichtet haben Sie! Sehn's, ich hab' schweres Silber just so viel gern, Alles seh' ich gern, was blinken und glänzen thut auf der Welt. Aber warum sind Sie so ernst? Hab' ich vielleicht etwas daher geredt', was ich nicht hätt' sollen? Nehmen's das nicht zu streng bei mir.

Helene.
Ich nehm' alles, wie es ist und kommt. Es ist gut so.

Elfte Scene.
Vorige. Auf der Treppe Olga.

Olga.
Zu Tisch, meine Herrschaften, zu Tisch!

Helene.
Olga, komm' zu mir!
Doktor.
Ihren Arm, Baroneß! (Leise.) Kitty, liebe Kitty, Braut!
Kitty.
Wie gern, Doktor. (Sie gehen voraus.)
Helene (zu Olga).
Wart' noch ein Bischen! (Die Anderen sind schon auf der Treppe.) So jetzt komm'!
Olga.
Ach, Großmutter, warum bist Du so grüblerisch?
Helene.
Bin ich's, dann wird's schon seinen Grund haben!
Olga.
Und ich wollte nur, sie nähme Karl. Sie muß sogar noch in besseren Verhältnissen sein, als man glaubte. So schöner Schmuck!
Helene.
Meinst!
Olga.
Und ich hätt' sie so lieb, wie nur eine liebe Schwester. Weißt Du, die hat mir doch oft gefehlt. Wie ich ihr beim Anziehen geholfen hab',

was hat sie nicht Alles erzählt, was könnte ich nicht Alles von ihr lernen, Großmutter!

Helene.
Meinst! Nur nicht zu viel, Olga, mein Herzerl, nur nicht zu viel! (Verschwinden im Schloß.)

Zwölfte Scene.
Gärtner (geht über die Bühne).
Deckt die Beete ein! Das Wetter will umschlagen.

(Der Vorhang fällt.)

Dritter Akt.

(Ein Raum im Schlosse, reich möblirt, doch klein und unbehaglich, wie eben ein wenig benutzter Raum aussieht. Man sieht durch ein anderes Zimmer in den Speisesaal, wo eine schön beschickte Tafel aufgestellt ist. Ein runder Tisch. Ein Bouquet, in welchem Astern und Georginen überwiegen, steht davor. Aufgerissene Briefe liegen unordentlich verstreut darüber. Man hört den Regen und fühlt den heftigen Octobersturm, der um das Schloß saust).

Erste Scene.

Um den Tisch: **Olga, Kitty, Helene.**

Helene (liest vor, glättet den Brief).

Baron Pettau läßt sich gleichfalls entschuldigen. Die Wege sind vollkommen grundlos und er hat noch mit der Rübe zu thun.

Olga (sehr herzlich).

Nun, so sind wir wieder allein und ganz unter uns. Uns ist's so recht und Kitty wird's sicherlich auch recht sein. Gelt, Kitty?

Kitty.

Es muß schon. Eigentlich kann man's Niemanden verdenken, wenn er sich bei so einem Wetter nicht aus der Stuben traut. Wie das

schüttet! Aber lieber wär's mir doch gewesen,
wenn wenigstens der Pettau kommen wär'. Er
soll unterhaltlich sein. Wir haben untereinander
Bekannte. Er kommt auch öfter zu die Rennen
nach Wien. Hätt's doch eine Unterhaltung ge=
geben.

Helene.

Petersdorf gilt auch für sehr verschuldet. Er
unterhält sich und die Verwalter machen was sie
wollen.

Kitty.

Recht haben's. Er unterhält sich. Und so
wir Vier in dem Saal, man könnte sich fürchten.
Na, was soll man thun. Kannst halt nichts
machen. Aber, sagen's, Frau von Bauer, hält
sich das liebe Wetter länger bei Ihnen?

Helene.

Es ist jetzt wenig Aussicht, daß es vor
Winteranfang besser wird. Und die Felder
können's brauchen! Jetzt regnet's für uns Gold.

Kitty.

Kann sein. Aber recht lieb kann's auch wer=
den, und was fängt man dann mit sich an?

Olga.

Es giebt doch immer was zu thun im Hause
und glaub' mir's, liebe Kitty, der Winter ist

herum, man weiß nicht wie. Ich bin doch immer hier und ich habe mich noch nie gelangweilt, und wenn's im Schloß unbehaglich ist — aber das wird jetzt niemals mehr der Fall sein — so sitzt man unten bei der Großmutter warm, und spricht von dem, was war, und von dem, was man gethan, und was etwa noch zu thun ist. Oder Karl liest vor, oder man hat Besuche, und nun wird's ja wohl bald überhaupt lebendiger werden. Das ich Dir auch einmal was sagen kann!

Kitty.

Kann sein, es ist ganz schön!

Zweite Scene.

Helene (schellt, nimmt eine Handarbeit vor, Olga desgleichen). Zur eintretenden Marie.

Abdecken soll man und eine andere Garnitur nehmen! Das Tischzeug von gestern kommt auf den Tisch. Ordentlich zusammenlegen! (Man sieht Marie im Nebenzimmer arbeiten.)

Kitty.

Um Jesu Christi Willen, so redt's doch was! Es ist so grauslich und der Wind pfeift was zusammen! Wo der nur den Athem dazu hernimmt?

Olga.

Man denkt doch wenigstens manchmal auch gern nach, liebe Kitty.

Kitty.

Ich thu's nicht gern. Es kommt nichts Gescheites heraus dabei, bei mir. Ich weiß, Olga, das sind nur die Leut', die noch nicht viel, oder die schon gar viel erlebt haben, was gern nachdenken. Die sich noch vor nichts fürchten oder sich vor nichts mehr fürchten müssen. Aber ist das alles, was Ihr im Winter thut?

Olga.

O Karl fährt doch täglich nach Olmütz. Er trifft sich dort mit anderen Herren. Man spricht von Geschäften und hat seine Zerstreuung. Die muß er doch haben. Und wenn dort was los ist, so fährt man eben mit. Das Theater ist dort ganz gut, Bekannte findet man immer, und die Bälle sind immer sehr schön und animiert in Olmütz.

Kitty.

Olmütz? Giebt's so was überhaupt auf der Welt? (Helene sieht Kitty mißbilligend an.) Nicht bös sein! Nicht wahr, Frau von Bauer, ich bin heut' unausstehlich. Aber wie's vorgestern angefangen hat zu regnen, da habe ich noch nichts geredet, und hab' mir halt gedacht, der Klügere giebt nach), es wird schon wieder aufhören. Und gestern ist's auch noch gegangen, weil ich mich auf heut' gefreut hab'. Jetzt aber ist's aus mit der Freud', und mir ist, wie wenn der liebe Herrgott mit mir trotzen möcht', daß er mir den einen Spaß verdorben hat, und wenn der mit mir schmollen thut, so geht's mir nicht ein, warum ich's nicht auch sollt' mit die Leut'. Das ist doch klar.

Helene.

Klar? Kann sein — aber auch etwas gar zu bequem für Sie!

Kitty.

Sie haben ja Recht, tausendmal Recht, Frau von Bauer, und dann ist noch was dabei. Wissen's, ich hätt' meinem Doctor gern eine kleine Freude gemacht, und wie kann man das bei einem Mann, von dem man weiß, daß er einen gern sieht, besser, als wenn man sich recht schön macht für ihn? Und da hab' ich mir mein schönstes Kleidel hergerichtet für heut' — na, und jetzt ist's damit auch nichts!

Olga.

Aber das könntest Du ja immer noch anziehen. Weißt Du, da kannst Du Dir gar nicht denken, wie gern ich Dich schön, so recht schön sehe.

Kitty.

Meinst? Das Richtige ist's freilich nicht, aber man könnte es doch thun, schon damit Zeit vergeht. (Rasch ab. Man hört sie im Nebenzimmer einige Tacte am Clavier anschlagen. Helene schüttelt abermals den Kopf.)

Dritte Scene.

Olga. Helene.

Olga.

Sie ist nervös, sehr nervös, liebe Großmutter! Schau, man muß die schöne Ruhe bei uns auch erst gewöhnen.

Helene.

Wenn sie nur noch kann. Ob sie nicht schon zu alt dafür ist, mein Kind. Aber Karl muß wissen, was er thut.

Vierte Scene.

Vorige. Kitty (tritt wieder ein).

Olga.

Du bist schon wieder da? Und Dein Kleid hast Du anbehalten?

Kitty.

Ach es ist ja doch nicht das Richtige, wenn es Niemand sieht.

Olga.

Sind wir Niemand?

Kitty.

Nicht streiten! Nicht suchen, was ich nicht gemeint hab'. Ich rede wie mir ist, und was mir einfällt, das muß halt heraus. (Tritt in die Fensternische.) Der Doktor! Ueber den Hof kommt er auf's Haus zu. Wie der ausschaut mit der Kapuzen über den Kopf und so komisch angespritzt ist er!

Helene.

Er hat eben zu thun, und ihn darf kein Wetter kümmern.

Kitty.

Ich sag' ja nichts dagegen. Aber komisch ist's doch.

Fünfte Scene.

Vorige. Doktor.

Doktor.

Guten Morgen, Kitty, ich konnte es Ihnen nicht früher sagen; Sie schliefen noch, da ich schon fort mußte. Uebel aufgelegt? (Ueberreicht ihr eine Rose.)

Kitty.

Ich danke Ihnen schön. Heute bei dem Wetter thut einem was Schönes doppelt gut. (Sie steckt sie an.)

Doktor.

Ja, es ist schlimm, und es ist überdies wenig Aussicht, daß es so bald besser wird. Da ist nichts zu thun. Ein Landwirth muß das eben nehmen, wie es kommt, und sein Weib muß sich darin finden können. Es ist so schwer nicht, liebe Kitty, glauben Sie mir!

Helene.

Und es lohnt für die Plage und das bischen Entsagung, ich hab's ausgekostet und darf mitsprechen, Baroneß; mein Leben war lang und viel Mühsal darin, aber soviel Arbeit ich hatte, komme ich nochmals auf die Welt, so wünsche ich mir's nicht besser. Es ist was Schönes darum. Der Grund gehört uns, auf dem wir stehen, und wir wollen ihn halten und mehr, mehr muß es werden, so schlecht die Zeiten für verzagte, leichtfertige Menschen immer sind. Ich kenne jedes Stück Vieh darauf und jedes kennt mich, und keinen Armen giebt's auf meinem Grund, und ich kümmere mich um jeden, daß er zu leben habe. Und die Kinder haben ihre Unterweisung, wie sich's gehört, und nicht Eines geht zerrissen, außer es sind die Eltern dumm. Einen Lumpen aber thut man kein gut, je besser man den behandelt. Er muß leiden.

Kitty.

Ach, und mir thut ein jeder leid!

Helene (im Aufstehen).

Nimm Deinen Regenmantel, Olga. Und glauben Sie mir noch Eines, Baroneß: Es ist was Schönes darum, Niemandem dienstbar zu sein. Ich plage mich — ja! Aber mir war's dafür auch mein Leben lang gleich, wie mich die Leute angeschaut haben. Mich muß ein jeder zuerst grüßen. Ich habe noch nach Niemanden gefragt. Meinen Weg bin ich gegangen, und wer was von uns will, der muß eben zu uns kommen. Wir aber haben noch von keinem was wollen. Ist das nichts und steht das nicht für einige Stunden langer Weile? Und am Ende: Was machen Sie denn in Wien bei solchem Wetter?

Kitty.

Nicht wahr, Frau von Bauer, Sie wollen mich nur aufziehen? Was man in Wien thut? Herzählen kann ich's Ihnen nicht. Aber wenn's nur auf die Gassen schauen, — wissen's und ich hab' dafür ein so gar commodes Fensterl — so vergeht Ihnen die Zeit und Sie merken's nicht einmal wie? In Wien! Aber da ist's doch just bei so einem Wetter am schönsten! In Wien!

In Wien! In meinem lieben, lieben Wien!
(Sie wirft sich in einen Stuhl.)

Helene (sehr ernst).

Komm' Olga, wir müssen gehen. Es ist Freitag und die Armen warten! Auf Wiedersehen, Baroneß! (Beide ab).

Sechste Scene.
Doktor. Kitty.

Doktor.

Kitty, liebe Kitty!

Kitty.

Ach Sie haben ja sicherlich wieder Recht. Aber thun's mich nicht ausmachen, nicht ausmachen. Ich schäme mich ja vor mir selbst.

Doktor.

Ich bitte Sie, liebe Kitty, seh'n Sie mich an!

Kitty.

Wenn's Ihnen eine Freude macht!

Doktor.

Nicht so fassungslos, um Gotteswillen, Sie verderben ja sich und uns jede Stimmung!

Kitty.

Hätte sie nur nicht angefangen, von Wien zu reden. Ich kriege Herzweh, wenn ich nur daran denke! Jetzt unterhalten sie sich und freuen sich schon auf den Abend ohne mich, und Allen geht die Zeit um wie nichts. Und ich! Man könnte neidisch werden, wenn man sich's ausdenkt! Und das möcht' ich nicht, das ist so ordinär.

Doktor.

Und ist Ihnen denn die Unterhaltung wirklich Alles, liebe Kitty?

Kitty.

Alles? Nein! Aber was habe ich von meinem Gelde, wenn ich nichts davon haben soll? Habe ich Recht oder nicht?

Doktor.

Das Bewußtsein einer schönen und freien Zukunft, das Gefühl, jeder Sorge für immer enthoben zu sein, die gesicherte Zukunft, wenn Sie sonst — Ihrer eigenen Meinung nach — bangen mußten um den kommenden Tag!

Kitty.

Gehn's mir mit der Zukunft! Ich gebe nicht viel darauf, ich bin kein Freund von gewagten Unternehmungen! Was ich gehabt habe, das nimmt mir keiner. Hätt' ich nur die Lizzi da! Wir thäten raufen, gewiß! Aber auch das wäre schon eine Unterhaltung.

Doktor.

Und ich und die meinen — sind wir Ihnen nichts?

Kitty.

Ich hab' Sie gern, Doktor, und Sie wissen's. Denn wenn's tausendmal ein reicher Mann sind und Sie hätten mir nicht gefallen, so wär' ich doch mein Lebtag nicht hergekommen! Und ich kann Ihnen gar nicht sagen, wie mir Ihre Mutter — ich hab' zu Hause immer Mama sagen und mit ihr französisch sprechen müssen, damit was für die Bildung geschieht — imponiert, aber wirklich imponiert. Und die Olga ist doch auch lieb — alle miteinander seid's lieb und brav und gescheit . . . . ich komm außer Atem! — aber . . .

Doktor.
Ich bitte Sie, Kitty!

Kitty.
Aber Ihr seid's mir zu sehr! Ich allein bin schuld, ich bin zu dumm und zu wenig nutz für Euch!

Doktor.
Kitty, hören Sie mich, ich habe gewiß ein Einsehen. Noch sind Sie hier unter uns fremd und Sie sind andere Umgebung und andere Verhältnisse gewöhnt. Ich bin am Ende nur ein Alltagsmensch, aber ich verstehe, daß Sie anders sind als ich, als meine Mutter, als wir alle.

Und ich möchte Sie nicht unterdrücken! Heben und halten möchte ich Sie. Sie sollen nicht das Lastpferd sein! Meine Mutter ist eine alte Frau, zu ihrer Zeit hat's keine anders gehabt, und sie begreift vielleicht nicht einmal, daß es Eine anders haben will. Ich aber verstehe das Alles und ich will einmal darnach handeln. Denn ich habe Sie lieb, Kitty, herzlich lieb!

Kitty.

Haben Sie das wirklich, so versprechen Sie mir Eines: Wir sind jeden Winter in Wien.

Doktor.

Das geht nicht, solange meine Mutter lebt. Sie würde mich zu schwer vermissen und ich habe mich ihr in allen diesen Dingen immer gefügt.

Kitty.

So wollen Sie, daß ich auf den Tod von wem wart'? pfui, wie schlecht kann man doch werden!

Doktor.

Kitty!

Kitty.

Ich meine auch nicht Sie! Nur mich meine ich! Ich vertrag' halt's Alleinsein nicht! Es macht mich boshaft und schlecht.

Doktor.

Sie sollen einmal viel haben! Sie sollen gehalten sein wie sich's gehört, denn ich möchte Sie nicht lassen, wenn Sie mich nicht dazu zwingen. Sie sollen nichts vermissen, was Ihnen gebührt. Ich will mich in manches finden, Ihnen's so leicht machen als nur möglich. Denn ich habe Sie lieb und ich verstehe Sie. Wer beständige Bewegung gewöhnt ist, wer surrende Schmetterlingsflügel in sich fühlt . . . .

Kitty.

Doktor, fangen Sie mir nicht zum dichten an — ich versteh's nicht!

Doktor (faßt ihre Hand).
Also, die taugt nicht zur Arbeit!

Kitty.

Doktor, lieber Doktor, was sind Sie für ein prächtiger Mensch! Halten's mich, ich bitt' Ihnen, halten's mich, sonst fall' ich!

Doktor.

Das sollen Sie nicht, insolange es ein Mann verhüten kann, und jede Thätigkeit, die Ihnen gemäß ist, und die mit Ihren Anlagen stimmt, die werden Sie mühelos begreifen und üben. Mir ist auch Manches schwer geworden, Kitty,

ich hab' manches erlernen müssen. Manches
möcht' ich einmal freierer, heiterer bei uns, denn
selbst unsere Feste haben ein finsteres, feierliches
Gesicht, dazu sollst Du nun mithelfen!
           Kitty.
    Wie gern! wie gern! Aber lieber Doktor,
nicht wahr, wir gehen jedes Jahr nach Wien?
Sie wissen gar nicht, wie gern ich dort bin und
wie lieb sie mich dort haben. Warten's, bis
erst die Hochzeitsgeschenke kommen!....
           Doktor.
    Ich verzichte gern darauf! Es geht nicht.
Sie müssen das doch auch begreifen!
           Kitty.
    Nur auf a Weilerl, auf a halbes Jahr meinet=
wegen nur!
           Doktor (lachend).
    Sie haben ziemlich ausgedehnte Begriffe von
einer Weile.
           Kitty.
    Nur auf drei Monate. Das ist gewiß das
Wenigste, was man sich verlangen kann.
           Doktor.
    Kitty, quälen Sie mich nicht! Sie können
viel von mir erreichen aber so nichts! Frei=
lich, Sie wissen wohl, daß Ihnen das Schmollen

gut steht! Aber glauben Sie mir, Ihre Munterkeit kleidet Sie viel besser!

Kitty.

So thun's was dazu, daß man vergnügt sein kann. Nur Jänner und Februar!

Doktor (sehr ernst).

Mir scheint, wir hätten über das Thema genug gesprochen. Ich muß mich umkleiden. Mutter und Olga müssen gleich da sein. Ich lasse Sie inzwischen allein (ab).

Siebente Scene.

Kitty (sieht ihm nach).

Nicht allein! Jetzt nicht! (Springt auf.) Er ist jähzornig. Aber er ist auch streng. Das heißt er kann streng sein. Und er wird's einmal mit mir sein, und er hat's an sich von seiner Mutter. Man kann den Leuten nichts widersprechen. Sie haben halt allweil Recht. Und es ist doch fad', fad' da, zum Auswachsen fad'! Und ich war heut' doch nicht einmal grob, nur ein Bisserl viel gebettelt hab' ich und doch war er so finster mit mir. Wenn der erst einmal dazu Ursach' hätt' — Herrgott, wo denk' ich wieder hin! Was einem alles einfallen kann an so einem Tag! Nimm Dich zusammen, Kitty, nimm Dich zu=

sammen! Wenn nur kein solcher Wind gehen wollt'; ich vertrag' den nicht, ich vertrag' den nicht — ich fürcht' mich davor! Und ich darf mich nicht fürchten (sie weint) ich bin doch a armer, armer Narr! Aber ich bleib's nicht mehr lang — und schauen werden's, o ja, schauen werden's, wenn einmal die Karten herumgehen werden: »Kitty von Bauer, geb. Baroneß Herterich«, oder sollt man es nicht lieber ganz in der Stille abmachen? Ach, wenn mir nur wer raten könnt'! Aber so — Allweil verschnappt man sich und redet daher wie's Dummerl! (Setzt sich.)

Achte Scene.
Kitty. Olga. Helene.

Helene.

Ist Ihnen besser, Baroneß?

Kitty.

Na, so hübsch langsam Wissen's, wenn ich mich zusammennehm', so fällt mir schon was ein, wo ich mich besser unterhalten hab' als heut'. Aber es geht schon und der Tag dauert doch auch nicht ewig und man gewöhnt sich überall ein, hab' ich einmal in der Schule gelernt. Ich wollt', ich wäre fleißiger gewesen! Aber wer einmal ein Kreuzköpferl auf sich hat, der lernt nicht gern — no, und für ein Kreuzköpferl haben's mich allweil gehalten, noch wie ich ganz klein war. Wissen's, so für's Dummheitenmachen hab' ich halt immer ein Talent gehabt — nicht zum Glauben! »Es grenzt an's Geniale,« möcht' ein gelernter Geograph sagen, und ich hab' mir nichts ankommen lassen, ewig nichts!

Olga.

Daß Du nur wieder besser bei Laune bist!

Kitty.

Sei so gut, fängst Du mich auch zu verderben an! Das ist ja das ewige Unglück bei mir gewesen: Kein Mensch hat das Herz gehabt, streng mit mir zu sein, und ich hab' auch nicht damit anfangen wollen. Dafür hab' ich mich allweil zu lieb gehabt. Aber sag' mir, Olga, kannst singen? Was Fesches, Lautes, Wienerisches?

Olga.

Nein, ich kann überhaupt nicht singen, ich habe keine Stimme gehabt! Aber vierhändig spielen können wir miteinander.

Kitty.

Klassische Sachen? Na, ich dank' schön! Das hab' ich gerne — aber hübsch eingebunden! Ist das aber dumm! Gerade heute! So ein firmer

Ueberschlager, ist das nicht wie ein Sonnenstrahl und es ist nimmer so finster, wie's war. Wer das nicht versteht!

Olga.

Ja verstünde wohl schon — aber ich hab's nie gelernt!

Kitty.

Na ja, wie soll man da hier auch was Rechtes lernen! Wie spät kann's denn sein?

Olga.

Nicht mehr ganz eine Stunde bis zum Essen.

Kitty.

Ja, aber die zieht sich lebhaft in die Länge!

Helene.

Möchten Sie nicht vielleicht inzwischen den Ihrigen schreiben?

Kitty.

Die wissen so, was sie zu wissen brauchen. Rechtes kann ich ihnen nichts melden, und ich bin nicht in der Laune danach — soll ich sie ihnen auch verderben und mir? Ich hab' einmal so mehr Briefe geschrieben, als mir gesund war. Wenn man nur alle die zurückkriegen würde! Na! (Schlägt sich vor den Mund.)

Helene.

Ich hab' in der Küche zu thun. Man muß nachsehen. Wenn man auf ein Diner gerichtet war und es bleibt nur ein Familienessen, so ist das notwendig. Es geht sonst zu viel zu Grund. (Ab.)

Neunte Scene.

Kitty. Olga.

Kitty.

Na ja, was sein muß, das muß sein. Aber nicht wahr, Olga, wir wollen einmal zusammenhalten? Weißt, weil wir zwei jung sind. Vor der Frau von Bauer habe ich bald Furcht. Die ist so fest!

Olga.

Furcht vor der Großmutter? Wie ist das nur möglich? Und sie kann Dich überdies im Grunde gut, wirklich gut leiden.

Kitty.

Meinst? Dann müßte sie's mir aber auch zeigen. Ich glaube nur, was ich sehe.

Olga.

Du darfst es mir immer nur glauben. Einmal gefällst Du ihr und wem denn nicht? Dann sieht sie, wie sehr Dich Karl lieb hat, und das macht bei ihr unendlich viel aus.

Kitty.

Ja, der Doktor! Aus dem werd' ich auch nicht gescheit. Es gefällt mir an ihm manches nicht. Vorhin, da hätte er doch nicht so bespritzt und — nun das Wort gehört sich nicht, aber passen thut's — so verferkelt zu uns kommen sollen. Das gehört sich nicht bei Damen.

Olga (lacht).

So genau nehmen wir das nicht auf dem Lande! Und wir sind für ihn nicht Damen, wir sind seine Nächsten, und da kommt man wie man eben kommt. Je lieber man sie hat, desto eiliger hat man's doch, bei ihnen zu sein.

Kitty.

Kann sein, Du hast Recht und Du bist es so gewohnt. Ich bin's aber nicht so gewohnt, und daß ihr ewig Recht haben sollt, das wird mir auf die Länge auch zu fad'. Man möcht' doch nicht allweil da stehen, wie das Madel, das den Topf zerbrochen hat, und jetzt und jetzt kommt die Köchin und macht sie aus.

Olga.

Aber so meint es doch niemand mit Dir! Nur möcht' es Großmutter freilich gern sehen, Du wärst etwas ruhiger — nicht so ganz allerliebste Windsbraut!

Kitty.

Wenn die Frau nur wüßte, wie Recht daß sie hat!

Olga.

Und es wäre Karl sicherlich auch lieb.

Kitty.

Je dümmer ich werd', desto gescheidter reden's alle daher, und mir kommt langsam vor — aber Du, Olga, daß Du mir nicht lachst — ich werde hübsch langsam blödsinnig.

Olga (lacht).

Es fehlt wohl noch etwas darauf. Ich bin nicht klug — gar nicht. Aber weißt, wenn man einen Menschen so genau kennt, wie ich Großmutter und Karl . . .

Kitty.

Lach' nicht — ich kann heute keines lachen sehen. Mir ist so gar nicht danach, und daß eins gar über mich lacht, das habe ich niemals leiden können.

Olga.

Wer lacht denn über Dich? Um Gotteswillen, Kitty, was läßt Du Dir nur alles einfallen! Schon Karl zu lieb würde doch niemand . . . .

Kitty.

Ueberhaupt, und das Karl, das habe ich satt und gefressen. Für mich ist er der Doktor, warum für Dich — Karl?

Olga.

Weil er für mich noch niemals etwas anderes war. Er ist mein Onkel und mein Vormund. Dir war er doch einmal fremd — mir immer gleich vertraut. Ich habe immer an ihm gehangen — nichts ist in mir, worum er nicht weiß, nicht wissen sollte. Denn er ist ein guter, ein vornehmer Mensch. Seine Zusage — ach, wie treu ist er nur! Und wie ohne Worte ist seine Treue! Und seine Güte — er ist so gut!

Kitty.

Aber jetzt muß das ein Ende nehmen! Karl hier und Olga dort — und ich stehe in der Mitte und bin die Fremde! Und ihr seid's Alle gegen mich!

Olga.

Kitty, ich bitte Dich, wo kommst Du nur wieder hin?

Kitty.

Wo's Tag wird! Ich begreife Alles und Dich schon gar!

Olga (steht auf).

Das kann nur von Gutem sein!

Kitty.

Ja für Euch! Ich kenne die Musik schon! Also ich bin ihm ganz fremd und Du bist ihm nah'? Nicht wahr, das hast Du selber gesagt!

Olga.

Aber um Gotteswillen, Kitty, wie drehst Du meine Worte! So hat's doch gewiß niemand gemeint!

Kitty.

Es ist Dir halt herausgerutscht und jetzt verstehe ich. Wenn's einmal einen Streit geben that zwischen mir und dem Doktor, dann wärst Du bei der Hand da — Du eingefahren in dem Karrengeleise, wie eine Locomotive auf ihrer Schiene — na, fang' mir nicht zum Raunzen an!

Olga.

Kitty, Du thust mir so unrecht!

Kitty.

Ja, Du wäreft da mit Deinem unschuldigen Gesichterl! Na — warum sollst denn keines haben? Hast denn einen Schritt thun dürfen, ohne daß wer her war hinter Deiner und Acht geben hat auf's Herzbinkerl; Du mein lieber Gott, achtgeben haben sie, daß Du ja nicht wo ausrutschst oder Dir weh thust — und das wird herumgehen neben mir und ein jeder Schritt wird sagen: »Siehst Du, ich bin die Sittsame und die Brave — hätteft mich genommen anstatt derer« — und ich werd' sein, die Schuld hat an allem — ich, o na!

Olga.

Kitty, besinne Dich! Wie bin ich Dir entgegengekommen, anfangs ich allein, wie habe ich Dich bewundert!

Kitty.

Wirst schon kommen mit Deiner Rechnung dafür! Ich kenne Euch jetzt auswendig. Ihr paßt immer auf Eure Zeit und was mit anderen Leuten wird, das ist Euch alles eins. So paßt ihr jetzt schon auf den armen Pettau, bis der fertig ist und sein Gut, und gerade ebenso wirst Du hernach passen auf mich. (In der Thüre erscheint Helene.)

Olga.

Kitty, o Kitty, was sollte man damit nur bezwecken?

Kitty.

Muß denn alles auf der Welt einen Zweck haben? Bei Euch freilich! Geh' weg, ich mag Dich nicht mehr sehen! Du bist mir aber schon gründlich zuwider. (Olga weint.)

Zehnte Scene.
Vorige. Helene.

Helene.
Entschuldigen Sie, Baroneß, so weit ist es denn doch noch nicht, daß Sie das Recht hätten, mein Enkelkind von hier fortzuweisen! (Doktor tritt umgekleidet ein.)

Kitty.
Mutter Gottes, was hab' ich nur wieder angestellt! Ich hab's nicht bös gemeint, Frau von Bauer; ich bin's gewohnt, ich zank' mit meiner Schwester alle Tage, die Gott giebt, und es macht nichts und kein Mensch redet darüber.

Helene.
So? — Komm Olga! Du entschuldigst, Karl.

Elfte Scene.
Vorige. Doktor.

Doktor.
Geh' nur, Olga, und beruhige Dich. Ich lasse Dir kein Unrecht thun. Ich lasse Dich von niemandem beleidigen! (Beide ab.) (Bestimmt): Was gab's, Baroneß?

Kitty.
Nichts hat's gegeben. Ich bin halt nur mit der Olga in's Streiten gekommen . . .

Doktor.

Ja, und Sie haben das arme, wehrlose und Ihnen ergebene Geschöpf zum Weinen gebracht! Das darf nicht mehr vorkommen! In meinem Hause ist Olga keine Fremde und sie darf es niemals sein noch werden. Verstehen Sie mich, Baroneß? Sie ist eine Waise, und sie hat das, dank uns, niemals empfunden, und solange ich oder meine Mutter leben, soll sie es auch niemals empfinden und es ist mein Amt und ich will es und ich darf es nicht dulden, daß hier ein gehässiger Geist, ein Geist der Zwietracht und Zanksucht einreiße und sich einmische.

Kitty.

Nicht wahr, und der liebe Geist bin ich?

Doktor.

Sie wissen es ganz wohl, daß ich's so nicht meine. Aber Olga's Hilflosigkeit darf ich so wenig mißbrauchen lassen, als ich Ihnen irgend ein Leid zufügen lassen dürfte. Es ist Friede und Anmut in Ihren Augen — wie hatten nur Sie, gerade Sie das Herz, sie zum Weinen zu bringen?

Kitty.

Wie warm, daß Sie nur werden, wenn's von ihr sprechen!

Doktor.

Muß ich nicht? Ist sie nicht ein gutes und liebes Geschöpf? Rein, unbefangen, liebenswert?

Kitty (schlägt die Hand vor's Gesicht).
Ja, das ist sie!

Doktor.

Was ist Ihnen nur, Kitty?

Kitty.

Nichts, nichts! Lassen Sie mich, Doktor! Mir rennt nur allerhand durch den Kopf! Wissen's, Doktor, was mir scheint?

Doktor.

Was scheint Ihnen? Nur munter und heraus mit der Farbe!

Kitty.

Mir kommt vor, es wird am besten sein, ich geh' fort, für immer fort, in mein Wien, zu meinen Leuten.

Doktor.

Was fällt Ihnen ein? Ich lasse Sie ja gar nicht.

Kitty.

Gehn's, gehn's, Sie werden mich schon lassen! Denn ich bleib' nicht, ich bleib' nicht; so viel Pferd' giebt's gar nicht in Glocksdorf, daß Sie mich da erhalten könnten.

Doktor.

Aber Kitty, was ist das für eine neue Laune?

Kitty.

Es ist einmal keine Laune. Es ist was Rares bei mir. Ein Entschluß. Sonst und in allen Sachen sind Sie der Gescheidtere. Lassen's Sie's mich einmal sein!

Doktor.

Ja, aber warum in aller Welt?

Kitty.

Ehrlich und zum letzten Mal sag' ich's Ihnen: Weil ich Sie gern hab'!

Doktor.

Aber, wenn das ein Grund sein soll, dann (reißt sie an sich), dann halt' ich Dich und laß Dich nicht!

Kitty (macht sich los).

Lassen Sie das, es ist ein Grund und einer, der gilt! Denn man will nicht, daß, wen man gern hat, daß der ins Elend hupft mit einem, und da hinein springen wir alle beide miteinander, alle zwei, Doktor, wie der Frosch ins kalte Wasser!

Doktor.

Aber wie so denn, Baroneß?

Kitty.

Wir passen nicht zu einander, ewig nicht. Ein Regentag bringt mich um, macht mich grauslich und schlecht. Stellen's Ihnen vor, das dauert eine Woche oder länger. Wie unausstehlich müßt' ich da nicht erst sein! Ich brauch' die Sonn' und ich kann nicht leben ohne ihr. Ich glaub', ich möcht' gar kein Gut thun vor Langerweil, und zu mir paßt auch kein Latzschürzerl und kein Schlüsselbund.

Doktor.

Ich sagte Ihnen schon, ich würde nichts und niemals begehren, was Ihnen widerstrebe.

Kitty.

Ja, den Anfang nicht. Aber bald möchten's Ihnen denken: »Hätt'st Dir doch lieber eine genommen, die das kann.« Und dann wäre das Elend auch schon fertig. Ich bitt' Ihnen, Doktor, lassen's mich geh'n, lassen's mich einmal gescheidt sein, Doktor!

Doktor.

Ich lasse Sie nicht!

Kitty.

Nein, Sie können mich nicht halten, und ich will Ihnen noch etwas sagen, Doktor: Sie haben die Kleine immer lieber gehabt als mich!

Doktor.

Aber, was lassen Sie sich denn Alles einfallen — ich bitte Sie!

Kitty.

Bitten's nicht, es ist darum doch so. Ich habe die Olga reden hören von Ihnen — und ich hab' wieder gesehen, wie nah' es Ihnen gegangen ist — und da hab' ich ihr im Grunde nicht einmal etwas gethan. Wenn ich ihr erst wirklich etwas angethan hätte, wie hätten's Ihnen dann um sie angenommen? Und das kann schon einmal geschehen, wie ich einmal bin. Und das könnte gar geschehen, wenn's zu spät ist, wenn wir zwei erst zusammengegeben sind für immer. Und ich mag mir nicht einmal ausdenken, was dabei herauskommen könnte und müßte! Wissen's ich kenn' Ihnen zu gut und mich und uns Alle, als daß ich einem von uns so was wünschen möchte!

Doktor.

Bedenken Sie aber auch, wohin Sie zurückkehren, in welche Verhältnisse! Wie glücklich Sie schienen, all dem entrinnen zu können! Ihre Zukunft erwägen Sie, vor der Ihnen doch zu grauen schien!

Kitty.

Ich weiß Alles, ich weiß, es ist leicht die letzte ehrliche Hand gewesen, die, was Sie mir haben geben wollen. Ich weiß, es kann mit mir leicht ein Ende nehmen, was mir und keinem gefällt, der's gut mit mir meint, ein böses, recht ein böses Ende! Aber ich kann doch nicht dableiben, mich leidet's nimmer. Ich müßte mich schämen vor Ihnen und vor Olga und vor Ihrer Mutter, immer und vor allen! Und 's rechte Vertrauen ist nicht mehr. Ich kann nicht bleiben — lassen's mich gehen, Doktor!

Doktor.

So wären Sie wirklich . . .

Kitty.

Sagen Sie's nur ruhig heraus, wie Sie's meinen, Doktor, unverbesserlich! Ich paß' nicht hierher, Doktor. Sein's nicht bös!

Doktor.

Ich muß Ihnen sehr, sehr wenig sein, daß Sie mich so leicht aufzugeben im Stande sind!

Kitty.

Nicht um ein Haar weniger, als ich mir selber bin — oder wollen's Complimente? Ich bitt' Ihnen, Doktor, lassen's anspannen! Gepackt sind meine Sachen schon. Ihnen selber zu Liebe thun Sie's!

Doktor (läutet).

Anspannen! Die Großmutter und Fräulein Olga sollen kommen!

Kitty.

Nicht trotzen mit mir! Ich bin, wie ich bin. Aendern läßt sich nichts mehr an mir. Ich bin zu alt dafür! Bleiben's mir gut und bleiben's mein Freund! Ich bitt' Ihnen, geben's mir die Hand (küßt sie).

Doktor.

Was thun Sie da?

Kitty.

Was mir just eingefallen ist — wie immer! (Man hört den Wagen im Hofe vorfahren.)

Zwölfte Scene.

Vorige. Helene. Olga.

Doktor.

Baroneß Kitty verläßt uns jetzt.

Helene.

Noch vor Tisch? Warum so plötzlich?

Kitty (faßt Olgas Hand).

Alles plötzlich oder gar nicht! (führt Olga zum Doktor:) Geben's weiter acht auf sie, wie bis jetzt. Und nehmen Sie sich immer so an um sie wie jetzt!

Olga.

Kitty, wie meinst Du das? Ach, bleibe!

Kitty.

Glaub' mir, diesmal weiß ich besser, was recht ist, als Ihr Alle!

Helene.

Aber Sie kommen wieder als Gast im Frühjahr und für lange?

Kitty.

Ueberall Gast! Ewig Gast! Und gar nirgends zu Hause! Das ist nun einmal so mein Leben!

Doktor.

Kitty, wenn Dir so ist...

Kitty.

Na, na! Man muß nicht alles zu tragisch nehmen! Behüt' Euch Gott, behüt' Euch Gott! (Ab... Pause... man hört den Wagen fortfahren.)

Olga
(läuft an's Fenster, weht mit dem Taschentuch:)

Behüt' Dich Gott, Kitty, behüt' Dich Gott!

(Der Vorhang fällt.)